핑크 몬스터

김주욱 소설집

소설가 **김주욱**

동양화를 전공하고 일러스트레이터로 활동하다 소설 창작을 시작했다.
동양일보 신인문학상, 천강문학상 소설대상, 문학나무 신인작품상,
전태일문학상을 받는 등 꾸준히 작품 활동을 이어오고 있다.
특히 2014년에 자전적 경험을 토대로 한 장편소설 〈표절〉을
2016년에 소설집 〈미노타우로스〉를
2017년에 소설집 〈허물〉을 발표하는 등 현실 문제에 등 돌리지 않고
우직하게 자기 걸음을 내딛는 소설가로 평가받고 있다.
2015년 한국문화예술위원회 아르코 창작기금을 수상하였고
2016년 경기문화재단 전문예술창작지원사업 단독출판에 선정되었다.

미 래 의 피 카 소 양 경 렬 을 만 나 다

CONTENTS

핑크 몬스터

김주욱 소설집

히트의 반사적 선택

들어가는 말

　어렸을 적 꿈은 화가였다. 미대를 졸업하고 계속 그림을 그릴 여유가 없어 취업했고 디자이너로 상품개발실을 떠돌다 불혹이 되었을 때 회사를 그만두고 관련 업종으로 창업했다. 전시장 디스플레이 오브제를 제작하는 사업이었는데 실패했다. 답답한 마음에 시작한 것이 소설공부였다. 소설은 돈이 없어도 시작할 수 있었기 때문이었다. 학창시절 글짓기 대회에 나가 상장을 받은 적도 없고 책을 많이 읽지도 않았는데 어떻게 무모한 도전을 할 수 있었을까. 그것은 미술의 힘이었다. 그림을 그리듯이 소설을 쓰면 될 것으로 생각하고 덤벼들었다. 시각예술 체질을 언어예술 체질로 바꾸면서 소설습작을 해야 했기에 남들보다 더 힘들게 통과의례를 거쳤다. 그렇게 등단했고, 문학상을 받았고, 책을 냈다. 두 번째 소설집을 내고 새로운 돌파구를 찾으면서 그림을 넘보기 시작했다. 그림은 마음의 고향이니까 당연한 욕망이었다. 하지만, 오직 소설에 매진해도 모자란 판에 붓을 잡는다는 것은 말도 안 되는 이야기였다. 그래서 생각한 것이 꼭 내가 그림을 그리지 않더라도 좋은 그림을 소설로 해석하며 욕망을 충족하기로 했다.

어느 날 미래의 피카소를 만났다. 그의 작업실은 덕소에 숨어 있었다. 창고를 고쳐 만든 공간에는 시뮬레이터 수준의 자동차 모형 오락기도 있었고 올라가서 춤을 춰도 끄떡없을 것 같은 거대한 탁자가 있었다. 그 탁자에 마주앉아 차를 마시면서 수많은 사물을 하나하나 느껴보았다. 그중에 나를 사로잡은 것은 팔레트였다. 팔레트에 짜놓은 물감은 그림을 그리는 동안 대부분 소진되지만 남는 물감은 세월이 흐르는 동안 겹겹이 쌓이면서 단단하게 굳는다. 물감이 퇴적된 형상은 석회암 동굴 천장에 붙어 자란 종유석이나 동굴 바닥에서 올라온 석순을 연상시켰다. 그 팔레트를 통해 탄생한 작품에는 깊은 사유가 담겨 있었다. 그를 인터뷰하면서 그와 그의 작품에 대한 이야기를 소설로 만들어야겠다고 마음먹었다.

주인공으로 등장하는 '히트'는 그의 갈비뼈로 만들었지만, 실제의 그와는 다르다. 그는 사랑스러운 남편이고 두 아이의 다정한 아빠다. '히트'의 불온한 행동거지는 나의 잠재된 욕망이지만 '히트'의 정신은 그의 사유를 그대로 재현한 예술혼이다.

그가 붓으로 표현한 사유를 소설로 해석하는 작업은 허물을 벗는 과정이었다. 그의 그림에서 받은 영감은 리얼리즘 기반의 소설에 미학적 가치를 더해주었다. 나는 지난 2년 동안 그의 그림을 소설로 재해석하면서 탈바꿈했고 결과적으로 성장했다.

이번 소설집에 수록된 일곱 개 단편 중 여섯 작품은 미래의 피카소가 추구해온 여섯 테마를 소설로 해석한 작품이고, 나머지 한 작품인 '핑크 몬스터'는 미래의 피카소가 소설을 읽고 그림으로 반사시킨 작품이다. '핑크 몬스터'는 이야기를 그림으로 재해석한 기념비적인 작품이라 더 애착이 간다.

인공지능이 무섭게 달려오고 있다. 인공지능이 제일 먼저 점령할 장르는 소설이라고 생각한다. 수많은 고전 명작을 분석한 자료를 바탕으로 개발된 창작소프트웨어는 인간 소설가보다 더 좋은 작품을 무제한으로 뽑아 낼 수가 있을 것이다. 인공지능은 철학, 사유, 그에 어울리는 문체도 충분히 창조할 것이다. 인공지능이 따라오지 못하게 저만치 앞서겠다는 생각으로 미술에 프러포즈했다.

소설을 포함하는 문학은 약속된 문자를 기반으로 하기에 상당히 보수적이다. 소설이 약속된 언어를 기반으로 해야 한다는 점은 장점이자 단점이다. 지금의 소설은 낡은 유전인자로 겨우 명맥을 겨우 유지하는 것 같아 답답하다. 반면 미술은 계속 진화하며 기존의 개념을 갱신하기에도 바쁘다.

　이번 작업은 그림과 소설이 만나 앞으로 나아가는 방법에 대한 모색이고 출발점이다. 그림과 소설의 만남은 새로운 시도가 아니다. 지금까지는 두 장르가 공동작업을 하면서 역할 분담을 하거나 서로 독자성을 인정하는 것에 머물렀다. 앞으로는 두 장르가 힘을 합쳐 새로운 무엇을 창조할 수 있지 않을까. 그림의 장점과 소설의 장점을 살려 새로운 장을 만들고, 그 중심에 서고 싶다.

2017년 8월

김주욱

무인도

그 곳에 있던 사람들

그때 그곳에 머물렀던 사람들은 지금 어떻게 변했을까?

지금 생각해 보니 그때 그 상황에선 그럴 수밖에 없었을 것 같기도 하다.

그러지 않았으면 지금 어떻게 변했을까?

여기서 그곳은 장소에 따라 변하는 사람의 심리를 상징한다.

자신이 머무는 시대를 면밀하게 표현하는 것이

진정한 '표현주의' 라는 생각으로 자신을 존재하게 한 세계를

반사적 시각으로 해석하는 이야기.

barber 26cmx35cm oil on linen 2015

무인도

　새벽에 비가 왔는지 물을 뿌린 것처럼 자갈이 햇살에 빛났다. 파르테논 뮤지엄 주차장에 깔린 자갈들이 고개를 들고 히트를 쳐다보는 것 같았다. 그는 오전 근무자에게 보안키를 인수인계하고 뮤지엄 주차장을 빠져나와 사거리로 내려갔다. 온종일 서서 일한 그는 신호를 기다리며 건널목 앞에 잠시 웅크리고 앉아 있었다. 아침부터 사방에서 기어 나온 차들의 보닛 위로 열기가 피어올랐다. 교통체증 때문에 꼬리를 문 차량 행렬은 느릿하게 교차로를 통과했다.

　히트는 비틀거리면서 사거리를 지나 다세대 빌라 반지하 방까지 걸었다. 골목에는 작은 공장들이 많아서 폐지가 수시로 나왔다. 폐지를 서로 차지하려는 싸움이 끊임없이 이어졌다. 햇살이 희미하게 스며드는 골목에서 걸음을 멈췄다. 뒤에서 쇼핑카트의 무빙워크용 바퀴가 아스팔트 위를 구르는 소리가 들렸다. 뒤돌아보자 검은 포댓자루 같은 옷을 입은 여자가 쇼핑카트에 폐지와 종이상자를 가득 싣고 다가오고 있었다. 여자는 인상이 강인해 보였는데 검은 옷과 검은 피부 때문인지 흑염소 같았다. 여자는 고개를 숙이고 쇼핑카트를 밀고가다 멈춰 서서 호주머니에서 담뱃갑을 꺼냈다. 입으로 담배 한 개비를 빼물고 나서 손바닥으로 바람을 막으며 라이터로 담배에 불을 붙였다. 여자는 볼이 홀쭉해질 정도로 담배를 빨더니 담배 연기를 길게 내뿜었다. 그 결에 그는 여자와 눈이 마주쳤다. 여자가 그를 보며 싱긋 웃었다. 여자의 입술이 말려 올라가며 튼튼한 앞니와 빨간 잇몸이 드러났다.

파르테논 뮤지엄이 있는 사거리를 사이에 두고 도시 공간은 극명하게 분리되어 있었다. 머지않아 최첨단의 주거공간과 버려진 구역 사이에 철조망이 설치될지도 모른다. 앞으로 철조망을 통과하려면 거대도시에서 일한다는 신분증명이 필요할 것이다. 지금도 보이지 않는 철조망이 존재하는 듯했다. 그것은 저쪽에서 이쪽을 바라보는 시선이고 이쪽에서 저쪽으로 넘어갈 때 느끼는 시선이었다. 히트는 뮤지엄 경비근무를 위해 두 달 전에 월세방을 구했는데 뮤지엄에서 방까지는 걸어서 15분 거리였다. 골목을 걸어가는데 악취가 진동했다. 미세혈관 같은 골목마다 넘쳐 나는 쓰레기 봉지에서 나는 냄새였다. 그가 이사 왔을 때 뮤지엄이 있는 블록과 자신이 사는 블록의 풍경이 이렇게 차이가 나는지 놀라웠다. 집 앞 골목 담벼락 밑에는 쓰레기 봉지가 터져서 지저분한 내용물이 누런 물과 함께 뒤섞여 있었다. 비를 맞았는지 찌그러진 종이 상자는 잔뜩 불어 있고, 안에 든 쓰레기의 압력에 못이겨 터져버린 상자도 여러 개 있었다. 쓰레기는 치워도 계속 쌓였다. 악취가 진동해서 언제나 코를 막고 집까지 걸었다.

집에 도착해서 보니 열쇠가 없었다. 퇴근하려고 옷을 갈아 입을 때 뮤지엄 경비실에 놓고 온 것 같았다. 히트는 다시 모델하우스까지 갈 힘이 없어서 위층에 사는 주인집 아주머니에게 문을 열어달라고 했다. 아주머니는 그를 한참 바라보더니 누구냐고 물었다. 그는 세입자라는 것을 증명하기 위해 월세를 내는 날짜와 주인집 아저씨의 인상착의에 대해 자세히 언급했다. 아주머니는 고개를 저을 뿐이었다. 외출한 주인집 아저씨를 기다리는 수밖에 없었다. 주인집 현관문 앞 계단에 앉아 계단을 기어오르는 개미를 바라봤다. 개미들은 먹이를 찾아 분주하게 돌아다니다가 발등으로 올라왔다. 발을 들어 개미를 털어낼 기운이 없었다.

주인집 아저씨가 오자 아주머니는 그제야 히트를 확인하고 예비 열쇠로 반지하 방을 열어주었다. 아주머니는 첨단 보안 시스템보다 더 훌륭한 시스템이었다. 아주머니는 문을 열어주고 나서도 그를 경계했다. 그가 통신 단자함 밑에 가려져 있는 형광등 스위치를 알고 불을 켜자 그제야 안심이 되는 듯 위층으로 올라갔다.

곰팡내 나는 반지하 방에 들어서자 낡은 비닐장판에 습기가 잔뜩 배어 있었다. 그는 퇴근해서 이곳에 들어오면 마음이 편안해졌다. 그가 창고로 쓰던 반지하 방을 계약한 것은 넓고 천장이 높아 숙식과 작업이 가능했기 때문이었다. 반지하 방 한쪽에 칸막이를 치고 작업실을 만들었다. 쉬는 날이면 아무리 피곤해도 그림을 조금씩 그렸다.

그는 옷을 갈아입고 백 호짜리 캔버스 앞에 앉았다. 뿌연 회색 하늘 아래 진 감청 바다가 보이고 무인도의 해변은 하얀 자갈밭이다. 그는 하얀 자갈을 표현하기 위해 미리 두껍게 발라 두었던 흰색 유화 물감을 나이프로 긁어 내면서 윤곽을 만들었다. 그는 캔버스에서 떨어져 화면을 살펴본 다음 붓으로 자갈 표면을 매끄럽게 다듬었다. 자갈은 차츰 파도에 침식된 것처럼 매끄러워지면서 반짝거렸다.

이번 풍경화의 주인공은 쓰레기더미였다. 쓰레기들이 파도를 타고 방안으로 밀려올 것 같았다. 자갈밭이 펼쳐진 무인도 해안에는 현대문명이 만들어낸 오묘한 색상의 쓰레기들이 물거품처럼 떠 있었다. 수명을 다하지도 못한 채 버려진 생활용품 중에서 제일 눈에 띄는 것이 있었다. 스펀지 재질의 주황색 바닥 매트 한 조각이었다. 주황색 바닥 매트 한 조각이 파도에 휩쓸리며 쓰레기 사이를 떠돌았다. 주황색 바다 매트는 흐트러진 세상에서 빠져나온 한 조각의 퍼즐 같았다. 그는 파도에 떠다니는 주황색 바다 매트까지 그리고 나서 바로 침대에 쓰러졌다. 형광등 불빛이 햇살처럼 눈부셨다. 일어나서 형광등을 끄고 자야겠다고 생각했지만 꼼짝할 수가 없었다. 눈을 감기 전에 자신이 그린 바다를 바라봤다. 파도가 밀려왔다. 파도에 쓸려 바닷속으로 들어갔다. 바닷속은 아늑했다.

콜로세움을 닮은 뮤지엄이 오픈했다. 히트는 보안관리 용역회사 계약직으로 이곳에 처음 배치되었다. 그가 경비 일을 시작한 것은 강사로 일하던 입시 미술학원이 문을 닫았기 때문이었다. 그림을 계속 그리려면 물감값을 벌어야 했다. 그가 뮤지엄 경비에 지원한 것은 전시 작품을 공짜로 볼 수 있다는 점과 하루 일하고 하루 쉬는 근무시간이 마음에 들어서였다. 하지만 쉬는 날은 피곤하여 그림을 제대로 그릴 수 없었다.

뮤지엄의 측면과 후면의 주차장은 자갈밭이었다. 뮤지엄의 설계가 변경되자 공사 시간이 촉박해졌다. 주차장은 계획대로 포장공사를 하지 못하고 자갈을 깔았다. 주차장의 크기는 뮤지엄 건물 면적보다 열 배는 더 넓었다. 그 면적이 전부 하얀 자갈이었다. 멀리서 뮤지엄을 보면 바다에 떠 있는 무인도가 떠올랐다. 하얀 자갈로 둘러싸인 무인도. 자갈밭에 나무 울타리를 치고 꽃을 심고 나자 전원

풍의 근사한 주차장이 되었다.

파르테논 뮤지엄의 개관 작품은 초대작가 Cand Borgman의 거대한 설치미술이었다. 미디어 아트로 더 유명한 작가는 작년 광주비엔날레 개막이었던 〈욕망의 하우스〉를 해체하였다가 이곳에 그대로 옮겨와 뮤지엄 구조에 맞게 다시 세웠다. 그러니까 뮤지엄 야외 전시장에 설치 작품 〈욕망의 하우스〉가 세워진 것이다. 주거공간에 대한 인간의 욕망을 상징하는 〈욕망의 하우스〉는 50평 규모의 2층짜리 모델하우스였다. 모델하우스는 마치 집을 톱으로 잘라 반 토막을 낸 것 같은 엽기적인 구조였다. 밖에서도 속이 훤히 들여다보이는 모델하우스의 주요 재료는 산업 쓰레기였다. 기둥과 벽으로 이어지는 틈에 박힌 산업쓰레기는 죽은 벌레처럼 보였다. 심지어 콘크리트 구조물의 단면에도 산업 쓰레기가 박혀 있었다. 콘크리트에 들어가는 자갈 대신 사용한 산업쓰레기가 모델하우스를 지탱하고 있었다. 〈욕망의 하우스〉는 폐기되어야 할 쓰레기를 반죽하여 만든 집을 통해 가려져 있는 인간의 욕망을 들추어 내는 작품이었다.

초대작가는 〈욕망의 하우스〉의 내부를 물질공간과 전자공간이 유기적으로 결합한 미래 지향적인 최첨단 주거공간으로 연출했다. 모든 사물에 인공지능 집이 내장되어 있어 사물과 사물 사이에 서로 정보를 주고 받았다. 거실의 통합 감지기에는 감성 칩이 들어가 있어 관람객의 마음을 읽고 블라인드를 자동으로 조절하고 조명의 밝기도 분위기에 맞게 조절되었다. 〈욕망의 하우스〉의 입구부터 설치된 내장 카메라와 수백 개의 감지기는 관람객의 동선과 체온의 변화까지 잡아냈다. 어느 서랍장을 많이 열어보는지, 어느 부분에 손을 대고 자재의 질감을 느껴보는지 촬영해서 모니터를 통해 보여줬다. 관람객이 모델하우스 주방에 들어서면 집주인이 방금 식사를 마친 것 같은 온기와 고소한 음식 냄새를 맡을 수 있었다. 모든 서랍과 수납장에는 생활용품이 실제 사용하는 것처럼 가지런히 정리되어 있었다. 건조대에 널린 빨래에서 향긋한 섬유유연제 향기가 났다. 수도를 연결하고 배수구도 연결하고 보일러도 가동되었다. 사람이 숙식해도 아무 지장이 없을 정도로 치밀하게 연출된 가상의 공간은 현실만큼 실재적이었다.

히트는 검정 양복에 건설사 로고가 자수로 새겨진 넥타이를 매고 자갈밭을 뛰어다녔다. 온종일 주차정리 하느라 와이셔츠 소매와 깃이 땀과 먼지에 새까맣게 변했다. 뮤지엄 뒤뜰에 버려둔 건축 쓰레기에 앉아 다리를 주무르다가 구두를 벗고 양말도 벗었다. 힘들지만 오늘 밤 〈욕망의 하우스〉에서 펼쳐질 만찬을 생각하니 군침이 돌았다. 만찬에 초대한 사람은 없었다. 혼자 푸짐하게 상을 차려 우아하게 만찬을 즐길 생각이었다. 햇볕이 따가워 자리를 그늘로 옮겨 다리를 쭉 뻗었다. 뒤뜰에 쌓인 쓰레기가 무너질 듯 불안했다. 관람객이 〈욕망의 하우스〉 안에 들어와 내부를 관람하다가 뒤 베란다에 서면 뮤지엄 뒤뜰에 쌓여 있는 쓰레기가 바로 보일 것이다. 잡초만 무성하게 자란 황량한 뒤뜰에는 썩어가는 나무골조와 페인트 찌꺼기가 묻어 있는 합판이 쓰레기 더미 위에 높이 쌓여 있다. 페인트 찌꺼기는 먹다버린 음식물처럼 흘러내려 술꾼의 토사물처럼 보이기도 했다. 쓰레기는 〈욕망의 하우스〉라는 설치작품의 일부다. 작가는 일부러 뒤뜰에 건축 쓰레기를 연출하여 의미를 부여했다. 안락한 주거공간을 완성하고 남은 건축 쓰레기들은 〈욕망의 하우스〉가 철거될 때까지 그대로 연출될 것이다. 모델하우스와 쓰레기는 잘 어울렸다. 머지않아 〈욕망의 하우스〉도 쓰레기로 변할 것이기 때문이다.

자갈 사이로 개미들이 먹이를 찾아 분주하게 돌아다니다가 히트의 발가락을 타고 올라왔다. 방문객이 오전부터 밀려들었다. 발을 들어 개미를 털어내는 것도 힘겨웠다. 그는 쉬는 것도 잠시 다시 자갈밭을 뛰어다녔다. 뜨거운 햇살이 자갈밭을 달궜다. 머리에서 내려온 열기와 발에서 올라온 열기에 몸이 바싹 타들어 갔다. 자갈밭에 버려진 담배꽁초도 바싹 말라 누런 필터만 남아 있었다. 햇살의 열기에도 끄떡없는 것은 잡초였다. 자갈 사이에 난 잡초는 자동차 바퀴에 짓이겨져도 다시 몸을 세우고 햇살을 맞았다. 그는 잡초를 한 손으로 잡아낭겼다. 잡초는 뿌리째 뽑히지 않고 줄기에서 툭 끊어졌다. 그도 모델하우스가 철거될 때까지 이 자갈밭에 뿌리를 내리고 있어야 지금보다 좋은 보직으로 재계약할 수 있을 것이다.

저녁 9시가 지나자 남아 있던 직원들이 모두 퇴근했다. 그는 뮤지엄을 순찰하고 보안회사에 야간 디스플레이 작업이 있다고 전화했다. 내일 아침 8시에 보안시스템을 정상가동 시켜달라 하고 나서 방범서비스 네트워크 연결을 점검한 다음 폐쇄회로 카메라를 정지시켰다. 관람자의 일거수일투족을 훔쳐보던 인공지능 장치들이 휴식 모드로 들어갔다.

히트는 〈욕망의 하우스〉 안으로 들어갔다. 거실의 가구들이 물끄러미 자신을 바라보는 것 같았다. 벽에도 인공지능 칩이 그물처럼 촘촘하게 박혀 있었다. 그는 자신이 움직일 때마다 각종 칩과 감지기들이 내뿜는 전자파가 느껴졌다. 그는 벽을 쓰다듬으면서 집안을 둘러봤다. 긴 시간 배를 타고 온 건축자재들이 살아 숨 쉬는 것 같았다. 집안은 너무나 조용해서 일상으로부터 완전히 단절된 것 같았다. 푹신한 소파에 누울 때 천장에서 바람 빠지는 소리가 났다. 〈욕망의 하우스〉의 모든 장치는 사람을 인식하고 차별하는 시스템으로 이루어져 있었다. VIP 고객이 초청장을 들고 전시실에 들어오면 공기청정기에서 나오는 향기조차 달랐다. 그럴 때 나오는 향기에는 원시림의 이끼 냄새와 이슬같이 청아한 습기가 섞여 있었다.

히트는 〈욕망의 하우스〉 안을 구석구석 둘러보면서 미지의 장소를 장악한 듯 뿌듯했다. 그는 샤워하려고 옷을 벗고 거실에 있는 거울 앞에 섰다. 그때 안방에서 인기척이 났다. 벽장의 문이 열렸다 닫히는 소리 같았다. 그는 주섬주섬 옷을 입고 숨을 죽이고 거실을 가로질렀다. 발바닥에 땀이 나서 그런지 석재타일이 차갑게 느껴졌다. 조심스럽게 안방 문을 열었다.

"안에 누구 계세요?"

자동으로 조명이 들어올 때 하얀 먼지들이 구석으로 숨었다. 누군가 화장대에 앉아 있다가 벽장 속으로 숨은 것 같았다. 벽장문을 조심스럽게 열었다. 벽장에는 옷들만 가지런히 걸려 있었다. 안방 문을 닫기 전에 방안을 다시 한 번 둘러봤다. 화장실에 가서 샤워하려고 수건을 챙길 때 벨이 울렸다. 머뭇거리는 동안 벨은 또다시 울렸다. 거실에 있는 영상인터폰을 들었다. 머리를 짧게 커트한 이십 대 후반의 아가씨가 어안렌즈에 얼굴을 가까이 대는 모습이 보였다. 그가 영상인터폰으로 밖을 내다보며 숨을 죽일 때, 아가씨는 굳건하게 닫힌 전시실 문 앞에서 〈욕망의 모델하우스〉를 염탐했다.

"무슨 일이시죠?"

"저, 문의 좀 하려고요."

"말씀하세요."

"안에서 사진촬영을 할 수 있을까요? 의류쇼핑몰에 필요한 사진인네."

"사진촬영 할 수 없습니다."

"안에서 찍으면 좋을 것 같아서요."

"내일 사무실에 문의해 보십시오."

그는 영상인터폰을 꺼버렸다. 갤러리나 미술관이 홍보 차원에서 지역방송에 장소협찬을 한다든지 공연장으로 변모하기도 하지만 이곳은 대중에게 친숙한 뮤지엄은 아니었다. 밤이 되면 신비로운 이미지만 볼 수 있지 그 내면은 볼 수 없었다.

초대작가는 뮤지엄에 〈욕망의 하우스〉를 설치하면서 화장실에 딸린 스파시설에서 뜨거운 수증기가 뿜어 나오게 설비했다. 히트는 언젠가 한번 뜨거운 수증기로 마사지 해보고 싶어서 벼르고 있었다. 그는 드디어 화장실에 들어가 샤워를 했다. 지압이 되는 샤워 물줄기 속에서 그의 몸은 분홍빛으로 익어갔다. 마치 품종개량을 거친 돼지 같았다. 야생에서 길게 자란 주둥이는 점점 짧아지고 날카로운 이빨은 퇴화한 붉은 돼지. 던져주는 사료 외에는 스스로 먹이를 찾아 먹을 수 없고 빛과 온도가 인공적으로 조절되는 우리에 갇혀 먹고 자고 싸는 일이 삶 전부인 가축 같았다. 그는 샤워를 끝내고 욕실 청소를 시작했다. 반짝거리는 스테인리스 배수구 망을 들어내고 머리카락을 걷어냈다. 거울에 서린 수증기도 수건으로 닦았다. 그러고 나서 몸에 흐르는 물기를 닦지 않고 벨로아 원단의 가운을 걸쳤다. 가운은 극세사보다 부드러워서 날아갈 것처럼 가벼웠다.

초대작가는 전시된 수건과 침구류는 한 번씩 세탁해서 원단의 질감을 자연스럽게 살려놓고 브랜드의 종이 꼬리표 라벨을 그대로 달아 놓았다. 히트는 벽장에서 꺼낸 수건으로 젖은 머리를 털면서 천연가죽 소파에 앉아 다리를 쭉 뻗었다. TV를 보다가 와인 냉장고에서 손에 잡히는 와인을 한 병 꺼냈다. 와인 잔이 차가운 대리석 식탁 위에 놓이면서 마찰음이 났다. 묵직한 돌과 가벼운 유리가 맞닿는 느낌이 거슬렸다. 컵 받침을 찾을 수 없어서 식탁에 냅킨 한 장을 깔고 잔을 놓았다. 식탁에 사뿐히 자리잡은 와인 잔이 미끄러지지 않아서 좋았다. 그러고 보니 완벽하게 구축된 가상의 공간에는 부족한 게 많았다. 무대세트를 현실보다 더 자연스럽게 연출했지만 실제로 있어야 할 것들이 제대로 갖추어지지 않은 공간이었다.

히트는 와인을 한잔 마시고 나니 배가 고팠다. 냉장고에 요깃거리는 없고 패키지가 화려한 간식거리와 주스만 가득했다. 그는 만찬을 준비하기 위해 옷을 갈아입었다. 자체 보안장치를 다시 작동시키고 현관을 나섰다. 임시주차장의 자갈밭이 허허벌판처럼 황량해 보였다. 주차장을 나와 사거리를 향해 걷다가 문득 화려한 조명에 싸인 파르테논 뮤지엄을 돌아봤다. 뮤지엄은 밤이 되면 철통 같은 보안 시스템으로 세상에서 격리되는 느낌이었다. 뮤지엄을 둘러싼 자갈밭은 푸른빛의 외관조명을 받아 파도가 이는 바다 같았다.

밤 10시가 지나사 뮤지엄의 경관 조명이 더욱 환해졌다. 조명 때문에 사거리를 중심으로 도시가 되살아나는 것 같았다. 인근 갈빗집에서 숯불구이 냄새가 났다. 그의 허기진 배에서 꾸르륵거리는 소리가 났다. 뮤지엄에서 근무하고부터 성욕은 줄고 식욕이 늘었다. 그는 월급날이 머지않았다는 사실에 용기를 냈다. 걸어서 한 블록 너머에 있는 대형마트에 갔다. 칼집을 넣어 동그랗게 말아놓은 생갈비를 구워먹고 싶었다. 한 달 전 직원들은 추석선물로 한우 갈비세트를 받았다. 갈비세트가 배달되었을 때 그는 군침이 돌았다. 뮤지엄 관장에게 감사하며 몇 개인지 점검해 봤다. 그러나 개수가 맞지 않았다. 추석선물은 정직원에게만 지급되는 것이었다. 다른 직원들은 갈비세트를 하나씩 들고 고향으로 갔다. 직원들은 미안해했지만 그는 웃으며 고기를 좋아하지 않는다고 했다.

마트에 도착해 백 원짜리 동전을 넣고 카트를 묶어놓은 자물쇠를 풀었다. 대형마트의 수많은 쇼핑카트가 개미집 속의 일개미처럼 좁은 통로를 부지런히 움직이고 있었다. 개미 굴속에서 쇼핑카트는 서로 더듬이를 비비고 꽁무니의 냄새를 맡으며 쉬지 않고 이동했다. 개미굴을 기웃거리다가 잘 손질해놓은 한우 생갈비 2킬로를 카트에 넣었다. 마트에는 더 비싼 고기도 많았지만 그가 먹고 싶은 고기는 갈비였다. 숯불 바비큐 그릴과 바비큐용 숯과 유기농 야채도 카트에 넣었다. 카트를 미는데 묵직함이 느껴졌다. 카트를 밀고 올라와 계산하고 카트와 카트를 사슬로 연결하니 백 원짜리 동전 하나가 다시 얼굴을 내밀었다.

뮤지엄에 도착한 그는 생갈비가 든 비닐봉지와 바비큐 그릴을 들고 자갈밭을 지나 〈욕망의 하우스〉 보안장치를 풀고 안으로 들어왔다. 출입문의 보안장치를 작동시키고 1층 후면 테라스 문을 활짝 열고 옷을 갈아입었다. 벨로아 가운 사이로 시원한 바람이 들어왔다. 〈욕망의 하우스〉의 실내조명을 모두 끄고 2층 전면테라스로 갔다. 문을 열고 비치의자에 앉아 다리를 쭉 뻗었다. 편안한 마음으로 자갈밭 너머에 펼쳐진 도시를 바라보았다. 모든 것이 황금빛으로 빛나는 것 같았다.

그가 생갈비를 구워 먹으려고 바비큐 그릴을 조립할 때였다. 바깥에서 자갈 구르는 소리가 났다. 소리는 점점 크게 들렸다. 테라스에서 내다보니 살림살이와 접은 종이상자가 가득한 쇼핑카트가 자갈밭을 넘어오고 있었다. 여자는 무빙워크용 바퀴가 자갈에 끼여 잘 구르지 않자 쇼핑카트를 뒤로 뺀 다음 다시 밀었다. 그가 2층 전면테라스에 있다는 사실을 모르는 듯 여자는 고개를 숙이고 쇼핑카트를 밀었다. 울타리 앞에 멈춰선 여자는 호주머니에서 담뱃갑을 꺼냈다. 입으로 담배 한 개비를 빼물고 나서 손바닥으로 바람을 막으며 라이터로 담배에 불을 붙였다. 파르스름한 어둠 속에서도 여자의 인상은 강인해 보였다. 먹이를 발견한 맹수의 눈빛과 반딧불이 같은 담뱃불이 공존했다. 여자는 볼이 홀쭉해질 정도로 담배를 빨더니 담배 연기를 길게 내뿜었다. 그는 그 결에 여자와 눈이 마주쳤다. 여자가 눈웃음을 짓는 듯했다. 여자가 쇼핑카트를 밀면서 테라스 아래로 왔다. 여자는 그를 올려다보며 싱긋 웃었다. 입술이 말려 올라가면서 튼튼한 앞니가 드러났다. 여자가 큰 소리로 말했다.

"예뻐."

"뭐야!"

"성이 참 예쁘다고."

"여기는 성이 아니고 전시장이야."

"지나다니다 눈여겨봤어."

여자는 목적이 있는 듯했다. 말투와 행동이 위협적이라 몸이 팽팽히 긴장되었다. 그는 테라스 난간으로 다가가서 큰 소리로 말했다.

"울타리를 넘지 마."

담배연기가 여자의 얼굴을 맴돌았다. 담배연기가 사라지자 여자의 눈빛이 점점 선명해졌다. 언뜻 보면 매섭지만 초점을 잃은 듯한 눈빛이 생각났다. 그 눈빛은 반쯤 넋이 나가 생기가 없는 듯하지만 처절한 눈빛이었다.

몇 년 전 고향 친구들과 가 보았던 무인도는 방치되어 있었다. 밤이 되면 파르테논 뮤지엄은 도시 안에 홀로 방치된 무인도처럼 변했다. 가끔 자갈밭에 술병이 나뒹굴고 불을 피운 흔적이 보였고 누군가의 똥이 자갈 틈에 박혀 있었다. 진짜 무인도를 훼손하고 더럽히는 것은 낚시꾼과 방목하는 흑염소들이었다. 번식력이 뛰어난 흑염소는 천적이 없는 무인도에서 마구 늘어났다. 물끄러미 〈욕망의 하우스)를 올려다보는 여자는 무인도에 사는 흑염소 같았다. 무인도에 방목하는 흑염소 무리는 절벽까지 타고 올라가 풀을 뜯어 먹었다. 흑염소는 못 먹는 풀이 없었고 나무껍질부터 뿌리까지 먹어치웠다. 껍질이 벗겨진 나무들은 썩었고 바람에 넘어졌다. 일부 흑염소는 먹이가 없어 굶어 죽었다.

"여기서 얼쩡거리지 말고 집에 가."

"오늘부터 여기가 내 집이야."

그는 당장 내려가서 쫓아내고 싶었지만 만찬을 망치고 싶지 않았다. 최대한 정중한 어조로 말했다.

"문 닫았습니다. 얼른 가시라니까요."

여자는 울타리를 넘어 들어와서 그를 올려다봤다. 그는 여자의 초점 없는 눈빛이 유령 같아서 섬뜩했다. 여자는 검은 옷을 입어서 그런지 보면 볼수록 흑염소 같았다. 흑염소는 날쌔고 질긴 동물이다.

그는 무인도 관리인이었던 친구를 따라 배를 타고 무인도에 가서 흑염소 포획작업을 구경한 적이 있었다. 항구에서 뱃길로 네댓 시간 거리에 있는 무인도에 도착하자 깎아지른 절벽에 흑염소 한 무리가 모습을 드러냈다. 국립공원 관리공단으로부터 일당을 받은 포수들이 아찔한 벼랑에 몸을 기대 간신히 다가가자 흑염소들은 흙먼지를 일으키며 잽싸게 도망쳤다. 포수들은 한나절 동안의 충격 끝에 흑염소를 산기슭으로 몰았다. 흑염소 한 마리가 그물에 걸려 허둥

대나 싶더니 이내 달아나고 말았다. 친구는 다 잡은 고기를 놓쳤다며 달아나는 흑염소가 안 보일 때까지 총을 쏴댔다.

그는 〈욕망의 하우스〉를 둘러보는 여자에게 거듭 말했다.

"지금은 전시 시간이 아니라니까."

"이런 성은 얼마쯤 하지?"

여자는 그냥 지나가는 노숙자가 아닌 듯했다. 그는 웃으면서 대답했다.

"상상할 수 없을 만큼 비싸."

여자는 그의 말을 듣는 둥 마는 둥 자갈밭에 주저앉았다. 분명히 정신이 나갔거나 알코올 중독자 같았다. 여자는 쇼핑카트에서 비닐 돗자리를 꺼내 자갈밭에 깔고 그 위에 종이상자를 깔고 나서 빨간 인조 밍크 담요를 펼쳤다.

"지금 뭐 하는 거야."

"난 이 성이 지어지기 전부터 여기서 살았어. 니들이 나를 몰아냈잖아"

"당신이 여기서 살았든 말았든 그건 내 알 바 아니고, 당장 여기서 나가."

"딱 이 자리에 내 집이 있었지."

"경찰을 부르기 전에 어서 나가라니까."

"닥쳐! 오늘 밤은 여기서 잘 거야."

여자는 캠핑 온 것처럼 익숙하게 잠자리를 만들었다. 돗자리 양쪽에 지팡이처럼 생긴 우산대를 자갈밭에 꽂고 쇼핑카트에 접어서 묶어두었던 비닐을 펼쳐 우산대와 쇼핑카트를 연결했다. 그러자 간이 텐트가 완성되었다.

"경찰을 부르기 전에 어서 꺼져."

그는 내려가서 여자를 쫓아내려다가 그만두고 바비큐 그릴에 숯을 넣었다. 성찬을 끝내고 흑염소를 몰아낼 생각이었다.

"마지막으로 경고하겠어. 내가 식사를 끝낼 동안 사라지는 게 좋을 거야."

여자는 들은 척도 하지 않았다. 비닐 텐트를 자갈밭에 튼튼하게 고정하고 나서 쇼핑카트의 짐을 텐트 안으로 옮기더니 신발을 벗고 텐트 속으로 들어갔다. 생수 페트병에 수건을 감아 베개를 만들고는 머리만 비닐 텐트 밖으로 내놓고 누었다. 잠시 후 여자는 밤하늘을 바라보며 노래를 불렀다. 노래는 걸쭉한 음량의 허밍으로 시작되었다. 가사는 알아들을 수 없었으나 자동차 경적과 주말 밤거리의 열기와 반짝거리는 네온의 조명 효과가 들어간 이상한 노래였다.

히트는 캠핑을 시작한 여자를 관찰하다가 주방으로 갔다. 화이트 와인과 마트에서 사온 먹을거리를 꺼내와 성찬을 준비했다. 먹을거리를 모두 테라스로 옮겨다 놓고 바비큐그릴에 불을 피우자 숯에 불이 붙으면서 허연 연기가 일어났다. 여자는 자갈밭에 집을 짓고 들어가서 보이지 않았다. 그는 손부채로 연기를 날리면서 생갈비를 바비큐 그릴 위에 올리고 화이트와인을 잔에 따랐다. 와인잔을 들고 자갈밭을 둘러보며 손부채로 연기를 계속 날려 보냈다.

생갈비는 향긋한 냄새를 피우면서 노릇노릇하게 익었다. 생갈비에 새겨진 마름모꼴의 칼자국이 물고기 비늘처럼 일어나며 기름이 흘렀다. 칼자국 때문에 육질의 근섬유가 끊어진 생갈비는 아주 부드러웠다. 바비큐 그릴에서 피어난 연기가 자갈밭에 낮게 퍼졌다. 연기는 포물선을 그리며 자갈밭으로 계속 퍼져 나갔다.

히트는 자욱한 연기에 가려진 자갈밭을 보면서 무인도를 생각했다. 친구가 관리하던 무인도 중 제일 큰 섬은 항구에서 뱃길로 200리에 이르는 섬이었다. 섬의 인근 바다에서 고기가 많이 잡혀 어선마다 한번 어업을 나서면 만선을 이루었다. 섬에는 바위를 층층이 쌓아둔 것 같은 절경의 산이 솟아 있었다. 섬의 동쪽으로 좁은 바위길을 따라 오르다 보면 해수욕장처럼 호를 이룬 해변이 보였다. 그 해변은 모래가 아니라 자갈밭이었다. 파도가 잔잔하고 수심도 얕아 그곳에서 친구들과 잡은 흑염소를 안주 삼아 술을 마셨다. 섬의 다른 해안은 수심이 깊고 바위 절벽으로 되어 있는데 그곳은 완만한 자갈밭이었다. 봄이 되면 해안의 능선 곳곳에 야생화들이 피어나 천국 같았다.

와인 한 병을 다 비우자 살짝 취기가 돌았다. 무인도에 홀로 세워진 성에 온 듯했다. 갈매기 한 마리가 무인도 위를 날았다. 멀리 우거진 숲과 맑은 샘이 보였다. 가까이 날아가니 아늑한 집을 짓기에 알맞은 넓고 평평한 터가 보였다. 야생화가 지천으로 피어 있었다. 다시 바람을 타고 날아오르니 산등성이에서 풀을 뜯는 흑염소가 보였다.

여자는 비닐 천막 안으로 깊숙이 들어가 나오지 않았다. 그는 일어나서 거실을 가로질러 화장실에 갔다. 오줌이 시원하게 나왔고 모든 것이 만족스러웠다. 휴양지에서 밤새도록 먹고 마시며 파티를 즐기는 것 같았다. 그는 화장실에서 나와 냉장고에서 맥주를 꺼내서 거실을 가로질렀다. 바닥에 내팽개친 양복이 눈에 띄었다. 양복을 들어 소파에 걸치려고 보니 주름져 있었다. 양복을 소파 위에 던지고 차가운 맥주 캔을 안고 테라스로 들어설 때 누군가 거실에 앉아 자신을 바라보는 것 같았다. 그는 천천히 고개를 돌려 뒤를 바라봤다. 아무도 없었다. 인공지능 전자칩이 하루살이처럼 자신을 따라다니는 것 같았다.

테라스에는 뿌연 연기가 자욱했고 숯불에 기름이 떨어졌을 때 나는 냄새가 진동했다. 연기 사이로 번들거리는 동물의 입이 보였다. 동물은 반쯤 눈을 감고 초점을 잃은 듯이 그를 바라보았다. 흑염소를 닮은 여자였다. 그녀는 허연 연기를 피우면서 고기를 뒤집고 있었다. 바로 앞에 나타난 여자는 몸집이 상당히 컸다. 흑염소가 아니라 반달곰 같았다. 고기 접시 옆에는 양말로 싼 자갈 뭉치가 놓여 있었다. 여자가 자갈밭에서 주워온 것이 분명했다. 그는 온몸이 뻣뻣해졌지만 태연하게 말했다.

"어떻게 들어왔지?"

"문 열고 들어왔어."

"문이 잠겨 있었을 텐데."

"자갈로 내리치니까 그냥 열리더라."

여자는 대수롭지 않게 말하면서 자갈 뭉치를 들어 보였다. 자갈로 잠금장치를 열었다니. 여러 개의 자갈을 뭉치면 놀라운 힘을 발휘하는 것일까. 그는 최첨단 시스템에 가장 원시적인 방식이 먹혔다는 사실에 허를 찔린 기분이었다. 여자는 암벽을 타고 넘으며 풀을 뜯는 흑염소처럼 2층 테라스로 올라왔을지도 몰랐다. 그는 어떻게 해야 할지 판단이 서질 않았다. 맥주를 탁자 위에 올려놓고 여자를 관찰했다. 여자는 풀을 뜯듯이 고기를 씹었다. 여자에게서 간장 달이는 냄새가 났다. 수년간의 방목생활에서 스며든 냄새일 것이다. 여자는 검은 눈을 껌벅거리면서 고기를 먹기만 할 뿐 말이 없었다.

히트는 현관으로 내려가서 문을 열고 보안잠금장치를 확인했다. 밖에서 잠금장치를 내려친 흔적이 있었다. 자갈 뭉치로 몇 번 내리쳤다고 쉽게 풀려버리다니 최첨단 보안장치가 맞는지 의심스러웠다. 아마 첨단보안시스템이 여자를 방문객으로 인식한 것인지도 몰랐다. 그게 아니라면 여자는 오늘 밤 〈욕망의 하우스〉를 파괴하러 온 침입자일 수도 있었다. 여자의 몸에는 강력한 전자칩이 심겨 있어서 완벽한 전자공간을 교란할 수 있는지도 몰랐다.

그는 다시 2층 테라스로 가서 여자가 고기를 먹는 모습을 보니 불쌍한 생각이 들었다. 여자에게 맥주를 건넸다.

"해 뜨기 전에 텐트를 걷어서 여기를 떠나."

그는 먹을거리를 남김없이 불에 올렸다. 여자는 그릴의 철망 자국이 뚜렷한 송이버섯과 수제 소시지를 후후 불며 맛있게 먹었다. 여자가 마지막 남은 야채를 겨자 소스에 찍어 먹고 아쉬운 듯 입맛을 다셨다.

"여기가 마음에 들어."

여자는 벌떡 일어나서 맥주 한 캔을 단숨에 비우더니 탁자에 있던 자갈 뭉치를 손에 쥐고 길게 트림했다.

"목욕 좀 해야겠어."

여자는 양말에 싼 자갈 뭉치를 내리칠 듯이 번쩍 들더니 곧바로 거실로 내려갔다. 그는 여자를 잡으려고 달려가다가 미끄러운 타일 바닥에 넘어지고 말았다. 여자가 알몸으로 변하는 데는 몇 초밖에 걸리지 않았다. 여자는 1층 거실 화장실 앞에 포대 같은 검은 원피스를 벗어 놓고 화장실에 들어가서 문을 잠갔다. 그는 한 손으로 코를 막고 여자가 벗어 던진 허물을 쓰레기 봉지에 담았다. 여자는 그가

2층 테라스를 말끔히 치웠을 때까지도 화장실에서 나오지 않았다.

날이 훤하게 밝아오기 시작했다. 그는 모델하우스에서 여자를 몰아내려고 시스템을 조정해서 급수를 중단시키고 전기를 끊고 기다렸다. 잠시 후 여자는 벨로아 가운을 입고 화장실에서 나왔다. 여자가 양말로 싼 자갈 뭉치를 한 손으로 휙휙 돌리며 그를 뚫어지게 쳐다봤다. 길게 늘어진 여자의 검은 머리칼에서 물이 뚝뚝 떨어졌다. 화장실에서 수증기와 역겨운 냄새가 진동했다. 그는 여자의 자갈 뭉치에 놀라 뒷걸음쳤다. 여자는 그 앞을 당당히 지나 거실로 갔다. 그는 화장실에 들어가 상태를 살폈다. 비누 거품과 시커먼 물때가 잔뜩 끼어있었다. 때와 범벅이 된 검은 털이 거머리처럼 사방에 달라붙어 있었고, 반짝거리는 스테인리스 배수구 망에 걸린 긴 머리카락은 도저히 손으로 만질 수 없었다. 그는 주방으로 달려가 나무젓가락을 찾아왔다. 나무젓가락으로 머리카락을 건져내고 나서 실내 공기 정화를 위해 청정시스템을 작동시켰다. 다시 화장실에 들어갔다. 바닥에 나뒹구는 여러 종류의 목욕 용품을 정리하고 말끔하게 청소했다. 그가 땀에 흠뻑 젖어 화장실에서 나왔을 때 여자는 소파에 앉아 TV를 보고 있었다. 여자는 야생 흑염소가 아니라 품종 개량된 가축처럼 윤기가 흘렀다. 여자는 집주인처럼 TV채널을 돌리면서 말했다.

"커피 한잔 부탁해."

"기가 막힐 노릇이군."

"그런데 내 옷 어디 갔지?"

"그 누더기는 악취 때문에 갖다 버렸어. 쓰레기통에서 찾아 입고 꺼져."

"옷이 없어서 나갈 수가 없어."

"옷장에서 아무 옷이나 꺼내 입고 빨리 꺼져."

몇 시간 후면 뮤지엄 직원들이 들이닥칠 것이었다. 오전에 미술품 투자 강좌가 잡혀 있었고, 오후에는 현악 사중주의 연주 공연이 예정되어 있었다. TV를 보던 여자가 말했다.

"커피 한잔 달라니까."

그는 캡슐 커피를 꺼내 전자동 커피머신에 넣었다. 그가 커피를 만드는 동안 여자는 안방 벽장을 뒤져 여러 벌의 옷을 고르더니 옷을 들고 와 그에게 보여주며 말했다.

"다 마음에 들어."

"한 벌만 입고 꺼져."

여자가 원피스로 갈아입고 그 앞에 섰다. 광택이 나면서 하늘거리는 소재의 원피스가 눈부셨다. 여자가 거울을 보며 활짝 웃을 때 커피 향이 거실에 퍼졌다. 그는 여자의 누렇고 튼튼한 이를 보면서 말했다.

"자, 커피. 마시고 어서 꺼져."

그는 여자가 테이블에 놓인 커피 잔을 잡으려고 손을 뻗을 때 여자의 팔을 잡아 단박에 꺾으면서 머리를 눌렀다. 여자는 한쪽 손으로 테이블에 있던 양말로 싼 자갈 뭉치를 집어들더니 그를 내리치려고 휘두르다가 놓쳤다. 양말이 뜯어지면서 자갈이 사방으로 흩어졌다. 그는 여자에게 달려들어 팔을 잡아 꺾었다.

　"이거 놓지 못해."

　"당장 나가."

　순간 여자가 테이블로 손을 뻗어 커피 잔을 잡더니 그의 얼굴에 커피를 끼얹었다. 그는 뒤로 물러서다가 바닥에 넘어졌다. 뜨거운 커피가 가슴에서 허벅지로 떨어졌다. 그가 일어서며 여자를 잡으려고 손을 뻗을 때 여자가 그의 사타구니를 걷어찼다. 그는 숨이 끊어질듯한 엄청난 고통을 느꼈다. 그가 무릎을 꿇으면서 주저앉자 여자는 그의 목덜미를 붙잡고 다용도실로 끌고 갔다. 그는 여자의 팔에 매달려 질질 끌려갔다. 석재바닥 타일이 미끄러운 것인지 여자가 힘이 센 것인지 도통 모를 일이었다. 여자는 다용도실의 문을 열고 그를 밀어 넣었다.

　"잘 먹고 가. 다음에 또 올게."

　여자는 그가 입은 벨로아 가운의 허리띠를 낚아챈 다음 문을 닫았다. 그는 그제야 기운을 차리고 안에서 문을 발로 걷어찼다. 여자는 문을 몸으로 밀면서 손잡이에 가운의 허리띠를 감아서 묶었다.

"열지 못해. 경찰에 신고하겠어."

"다음에는 정식으로 초대해."

히트는 온몸으로 문짝을 밀어붙였다. 손잡이가 떨어져 나가면서 문이 열렸다. 그는 현관으로 달려나갔다. 현관문이 닫히면서 보안 시스템이 작동하는 묵직한 전동음이 났다. 아침 8시였다. 보안시스템을 정상적으로 작동시켜달라고 했던 시간이었다. 천장에 달린 열감지기가 깜빡거렸다. 사이렌이 울렸다. 그는 현관 출입문 옆에 있는 컨트롤박스를 열어 비밀번호를 입력하고 보안장치를 풀어보려 했지만, 어찌된 일인지 반응이 없었다. 보안회사에 전화를 걸었다. 이곳 담당이 시키는 대로 시스템을 조작을 해보았지만, 사이렌은 계속 울렸다.

그는 거실 바닥에 떨어져 있던 자갈을 집었다. 자갈로 현관문의 센서를 사정없이 내려쳤다. 사이렌이 멈췄다. 소파에 앉아 정신을 가다듬고 나서 양복과 소지품을 챙겨 2층으로 들고 올라갔다. 그때 밖에서 자갈 구르는 소리가 났다. 밖을 보니 큐레이터의 승용차가 주차장에 들어오고 있었다. 큐레이터는 주차하고 차에서 나와 여자가 쳐놓은 비닐 텐트를 유심히 바라봤다. 여자의 쇼핑카트는 사라지고 없었다. 그는 움찔 분노가 치밀어 손에 들고 있던 쓰레기봉투를 테라스에 내던졌다. 순간 열 감지기가 깜박거리더니 사이렌 소리가 점점 커졌다. 망가진 시스템이 멋대로 작동했다. 행사준비를 위해 일찍 출근한 직원들의 차가 하나둘씩 주차장으로 들어왔다. 경비업체의 순찰차도 도착했다. 경비업체 직원이 현관문을 열려고 애쓰는 소리가 들렸다. 그는 벨로아 가운을 벗어 던지고 검정 양복바지에 다리를 끼우다 넘어지고 말았다. 드디어 문이 열린 모양이었다. 직원들이 〈욕망의 하우스〉 안으로 들어오는 소리가 났다.

only one man 35cmx26cm oil on linen 2015

in Car 26cmx35cm oil on linen 2015

줄다리기

끌어당기기

무엇을 끌어당기는 것은 자신에게 가깝게 하려는 욕망이다.

그러나 상대가 보이지 않고 어떤 것을 끌어당기는지 알지 못하면

그 행위 자체가 무의미하다.

줄다리기는 상대가 존재하는 대결구도이고 보이지 않는 힘이 존재한다.

줄을 끌어당기는 행위가 그 힘과 어떻게 연결되어 있는지 살펴보는 이야기.

tugging men
130cm x160cm
oil on linen 2012

끌어당기기

히트는 지하철역에서 광장을 향해 걸었다. SNS에서는 신촌기차역 광장에서 모이자는 외침이 공유를 통해 퍼져 나가고 있었다. 광장이 가까워지자 함성이 불규칙하게 들렸다. 함성은 어렸을 적 운동회 열기를 떠올리게 했다. 도로에는 경찰버스가 길게 이어져 있었다. 경찰은 일찌감치 광장으로 이어지는 6차선 도로에 버스로 거대한 바리케이드를 설치했다. 바리케이드 너머로 깃발과 피켓이 나부꼈다. 인도에는 경찰들이 방패를 들고 두 줄로 서서 벽을 쳤다. 그는 바리케이드를 보자 가슴이 답답했다. 이런 혼란한 상황 때문에 자신의 데이트를 망칠지도 모른다는 불길한 예감이 들었다.

히트와 C는 영화를 보고 나서 술을 마실 생각이었다. 그는 걸어가면서 술을 마시고 나서 모텔까지 자연스럽게 이어지는 동선을 머릿속에 그렸다. 약속장소인 카페는 벌꿀이 들어간 과일 빙수가 유명한 곳이었다. 빙수를 주문하고 창가에 앉아 뒷목을 주무르는데 바지에 묻은 물감 자국이 거슬렸다.

．어제 밤새도록 그림을 그리다 아침에 잠이 들었다. 오후에 겨우 눈을 떴는데 한참 동안 일어나지 못하고 뒤척거렸다. 며칠 남지 않은 그룹전에 출품할 그림을 어떻게 마무리할 것인지 고민됐기 때문이었다. 무언가에 쫓기기 시작하면 성욕이 배앓이처럼 일어나거나 온몸의 혈관이 꽉 막힌 듯했다. 이불 속에서 그녀와의 격렬한 섹스를 상상하며 자신의 성기를 점검했다. 건드리기만 해도 단단해지는 그의 성기는 땅속 대나무 줄기에서 솟아난 죽순 같았다. 자신의 성기를 조심스럽게 팬티 안으로 집어넣고 일어났다. 기지개를 켰을 때 창문 커튼 틈새로 비쳐든 두 줄기 햇살이 보였다. 햇살은 그와 그녀가 다정하게 찍은 사진 액자 위에 평행선을 그었다. 눈이 부셔 사진이 잘 보이지 않았다. 잠깐 눈을 감았다 뜬 다음에야 벽시계를 볼 수 있었다. 약속 시간이 한 시간밖에 남지 않았다. 세수만 하고 바로 커피숍으로 달려오느라 옷도 갈아입지 못했다.

심십 분이 시나도록 그녀는 나타나지 않았다. 아무런 메시지도 없었다. 전화를 걸까 하다가 끝까지 참고 기다리기로 했다. 스마트폰을 보다가 문소리가 나면 고개를 들었다. 얼마 지나자 피곤이 몰려오면서 눈이 저절로 감겼다. 잠시 후 빙수용 얼음을 가는 믹서 소리에 눈을 떴다. 그때 C가 카페 문을 열고 들어왔다. 순간 그는 약이 바짝 올랐는데 그녀가 다가오는 동안 화가 풀리면서 가슴이 두근거리기 시작했다. 건강미 넘치는 그녀의 육체가 너무나 짙고 빽빽하다는 느낌이 들었다. 그녀는 약속 시간을 어긴 것이 미안한 듯 옆에 앉아 고개 숙였다. 그녀의 윤기 나는 머리카락이 어깨까지 곧장 흘러내렸다. 그는 자신도 모르게 그녀의 머리칼을 움켜쥐고 냄새를 맡았다. 뜨거운 열에 단백질이 타들어 간 냄새였다. 그녀가 주위를 둘러보며 말했다.

"뭐하는 짓이야."

"미용실 갔다 온 거야?"

"어때, 예뻐?"

"잘 모르겠는데."

그녀는 그에게서 떨어져 손으로 머리카락을 쓸어내린 다음 머리를 흔들었다. 머리카락이 찰랑거리다가 제자리를 잡았다. 그녀가 양미간에 힘을 주며 말했다.

"뭐 먹을 거야?"

"아무거나 먹지."

"미리 검색 좀 해놓으면 안 돼?"

"너 먹고 싶은 거 먹어."

그녀는 가슴이 많이 파이고 몸에 바짝 달라붙는 티셔츠를 입었다. 그는 살짝 드러난 그녀의 가슴골을 노려보았다. 가슴이 저번보다 더 커진 것 같았다. 이제 가슴이 한 손에 잡히지 않을 듯했다. 그는 자신의 손바닥을 오므려보다가 말했다.

"지금 배고파?"

"별로. 아니 배고파."

"나가자."

카페를 나서자 아스팔트가 햇볕에 타는 듯한 냄새가 났다. 그는 걸어가면서 그녀에게 물었다.

"뭐 먹고 싶은데?"

"뭐 딱히 먹고 싶은 건 없고."

광장 쪽에서 함성이 들렸다. 그녀는 가던 길을 멈추고 건물의 시커먼 유리 출입문 앞에서 자신의 모습을 감상했다. 그가 그녀에게 다가갔다.

"배고프다며?"

광장에서 노랫소리가 들렸다. 그녀는 건물 너머로 광장을 바라보았다. 대형스피커에서 나오는 음악과 사람들이 따라부르는 노랫소리가 뒤섞여 들렸다.

"광장에 가지 않을래?"

"지금, 배고프다며?"

"인증 샷 찍으러."

"사진 찍으려고 미용실 다녀온 거야?"

그녀가 머리를 흔들며 말했다.

"아냐, 지금은 더우니까 해지면 가자."

그는 그녀가 유리출입문 앞에 서 있다가 돌아설 때 숨을 들이마셨다. 그녀의 머리에서 아스팔트가 햇볕에 타는 듯한 냄새가 났다. 그 냄새는 그를 흥분시켰다.

그와 그녀는 거리를 걸었다. 그는 그녀가 음식점 앞에 잠시 서서 메뉴를 살펴보는 동안 주위를 계속 둘러보았다. 그의 이마는 땀에 젖었고 등에 티셔츠가 달라붙었다. 그는 어느 순간 발걸음이 빨라졌다. 그녀는 멀찌감치 뒤따라 걸으면서 화장품 가게 앞에서 받은 광고지를 접어 부채질했다. 그는 두리번거리면서 계속 앞장서서 걸었다. 그녀가 멈춰 서서 말했다.

"넌 뒷모습이 별로야."

그녀는 믿음직스럽던 그가 한순간에 무너졌던 일이 생각났다. 화가 난 그가 길바닥에 자신을 버리고 갔던 날이었다. 뒤도 돌아보지 않고 지하철역을 향해 걷던 그의 뒷모습은 발이 없는 유령 같았다. 그가 뒤를 돌아보며 말했다.

"뭐라고?"

그와 그녀는 말소리가 잘 안 들릴 정도로 떨어져 있었다. 그녀가 목소리를 높여 말했다.

"우리는 수갑이 필요해."

그녀가 딱딱한 자기 목소리에 스스로 놀랐을 때 그가 그녀 앞으로 걸어왔다.

"뭐 먹을지 골랐어?"

"너랑 나랑은 수갑이 필요하다고."

"네가 너무 천천히 걷잖아."

"근데 어딜 가는 거야?"

"저기."

히트가 가리킨 곳은 모텔이었다.

"시원한 데서 영화 한 편 보고 나오자."

"내키지 않는데."

"오늘 네가 예뻐서 미치겠어."

그는 그녀의 손을 잡아끌었다. 그녀가 모텔 문 앞에서 버티자 그는 그녀의 핸드백을 잡아당겼다. 얇은 가죽끈으로 된 핸드백 줄이 고무줄처럼 팽팽하게 당겨졌다. 그녀는 두 손으로 핸드백을 잡아당기면서 말했다.

"끊어지겠어!"

"덥지 않아? 조금만 쉬다 나오자."

그는 그녀가 지나가는 중년 사내를 의식하는 순간 핸드백을 더 세게 잡아당겼다. 그녀는 안으로 끌려 들어왔다. 컴컴한 모텔 로비는 동굴처럼 서늘했다. 그녀는 에어컨 바람에 마음이 조금 누그러진 듯했다. 히트와 C는 모니터를 보면서 커다란 욕조가 있는 방을 골랐다. 그가 3시간을 설정하고 대실료를 계산했다. 어두운 복도에 설치된 장식조명을 따라 모텔방에 들어갔다. 그가 먼저 샤워하러 들어갔다. 그녀는 침대 모서리에 엉거주춤하게 앉아 에어컨 바람을 쐬다가 그가 나오자 리모컨으로 채널을 돌리면서 말했다.

"최신영화는 따로 돈을 내야 하나 봐."

"너도 샤워해."

"싫어."

그녀는 리모컨으로 계속 채널을 돌렸다. 그는 젖은 머리를 수건으로 닦으며 모텔방을 둘러보다가 전신 거울에 반사된 자신의 모습을 바라보았다. 그는 그녀가 자신의 어떤 모습 때문에 그러는지 궁금했다. 뒤로 돌아 고개를 돌려 자신의 뒷모습이 어떻게 보이는지 관찰했다. 그러나 뒤에서 누군가 자신을 보는 것처럼 볼 수는 없었다. 그는 거울을 보며 그녀에게 말했다.

"이왕 들어왔으니 샤워만 하고 나와."

그녀는 욕실로 들어가면서 말했다.

"그냥 땀만 씻고 나올 거야. 오늘은 하고 싶지 않아."

"하기 싫으면 관둬. 영화 한 편 보고 밥 먹으러 가자."

잠시 후 화장실에서 나온 그녀는 몸에 수건을 둘렀고 머리에는 샤워용 모자를 쓰고 있었다. 그녀는 한 손으로 수건이 떨어지지 않게 배를 잡고 다른 손으로 샤워용 모자를 조심스럽게 벗었다. 그가 그녀의 뒤로 다가가서 허리를 덥석 안았다. 그녀가 몸을 비틀면서 말했다.

"이럴 기분이 아니야."

"왜 그래?"

그녀는 엉덩이로 그를 밀어내고 창가로 가서 창을 활짝 열었다.

"여긴 담배 냄새에 절었어."

멀리서 함성이 들렸다. 아련하게 들려왔지만 몇백 명은 되는 듯했다. 그는 신촌 기차역 광장이 떠올랐다. 그는 창을 닫았다. 그녀가 다시 창을 열었다.

"환기 좀 시켜."

"그러면 집중이 안 돼."

"네가 하고 싶을 때마다 받아줬지만, 오늘은 영 아니야."

그는 그녀에게 달라붙어 어떻게든 애무해 보려고 했다. 그녀는 그를 밀쳐내려고 악을 쓰다가 몸에 둘렀던 수건이 벗겨졌다. 그는 그녀가 옷을 다 갖춰 입고 있을 때보다 훨씬 젊어 보인다고 느꼈다.

"살 빠진 것 같은데."

"땀나. 달라붙지 마."

그녀는 잽싸게 침대에 누워 시트를 목까지 끌어당겼다. 지친 그는 소파에 앉아 맥주를 마셨다. 그녀는 시체처럼 침대에 누워 유선방송 채널만 계속 돌리다가 전신 거울에 반사된 자신의 머리를 봤다. 찰랑거리던 머리칼이 헝클어져 있었다.

"머리 좀 봐. 너 때문에 엉망이 돼버렸어."

"그냥 고무줄로 묶어."

"내일까지 머리도 못 감아."

그는 그제야 오늘의 발단이 매직 파마 때문이라는 것을 알았다. 순간 약이 바짝 오른 그는 벌떡 일어나 침대로 가서 머리채를 낚아채듯이 시트를 잡아당겼다. 시트가 내려가면서 그녀의 가슴이 드러났다. 눈부시게 아름다운 젖가슴이 모텔방을 환하게 밝혔다. 그녀는 반사적으로 몸을 일으켜 시트를 잡아당겼다. 출렁거리던 그녀의 가슴이 겨우 가려질 즈음 그는 한쪽 발을 침대 기둥에 대고 시트를 잡아당겼다. 그와 그녀의 줄다리기가 시작되었다.

그녀는 시트를 잡아당길수록 가슴에서 뜨거운 무엇이 피어났다. 그녀는 예전에 그와 베개 싸움을 했던 일이 떠올랐다. 그를 이기기 위해 베개를 잡아당겼지만, 베개는 뜯어지고 남은 건 상처뿐이었다.

그는 그녀를 가린 시트를 순식간에 잡아챌 요량으로 침대에 올라섰다. 뒤로 넘어갈 듯한 자세로 온몸을 실어 시트를 잡아당겼다. 그녀가 순간적으로 시트를 잡아당기던 손에 힘을 뺐다가 다시 잡아당겼다. 그는 뒤로 나자빠지지 않으려고 자세를 낮추다가 침대 아래로 굴러 떨어지고 말았다.

그녀는 한번 기분이 상하면 쉽게 풀어지지 않았다. 그는 매번 그녀가 왜 그러는지 알 수 없었다. 그는 그녀를 달래보려고 애를 많이 썼는데 성공한 적은 거의 없었다. 그녀는 못마땅한 일이 생기면 이불을 몸에 감고 침대에 가만히 앉아 아무 말도 하지 않았다. 그럴 때 그는 물어도 대답 없는 그녀보다 이불로 몸을 꽁꽁 싸맨 모습이 더 답답했다.

정신을 차린 그는 프로레슬러가 링에 오르듯 침대에 다시 올랐다. 그는 시트를 잡아 천천히 잡아당겼다. 힘줄이 물을 뿜는 소방호스처럼 불거졌다. 이번엔 시트가 그녀의 배꼽에서 잠시 머물다 더 아래로 미끄러졌다. 그녀의 날렵한 아랫배가 팽팽해졌다. 이윽고 그녀의 무성한 치모가 모습을 드러냈다. 그녀는 악을 쓰면서 있는 힘을 다해 시트를 잡아당겼다. 그와 그녀의 호흡이 일치하는 순간 시트가 느슨해졌다가 순식간에 팽팽해졌다. 그때마다 깃발이 바람에 나부끼는 소리가 났다. 그와 그녀의 얼굴이 벌겋게 달아오르면서 깃발 소리가 점점 더 커졌다. 시트는 상대방을 억누르고자 하는 두 사람의 굳센 마음을 견디지 못했다. 시트가 찢어지는 순간 그녀가 비명을 질렀다. 그가 그녀에게 다가가려 하자 그녀는 베개를 던졌다.

그의 몸을 맞고 튕겨 나간 베개는 화장대 위에 떨어졌다.

히트와 C의 힘겨루기는 항상 무엇을 잡아당기는 행위로 이어졌다. 옷이 찢어질 때도 있었고 가방이 찢어지기도 했다. 줄다리를 하다 보면 그녀의 유두가 단단해지고 그의 성기가 단단하게 일어났다. 자연스럽게 격렬한 섹스로 이어졌고 서로 땀에 범벅되어 나가떨어져야 안정을 찾을 수 있었다. 그러나 오늘의 줄다리기는 무승부로 끝나고 섹스는 시작도 못하고 말았다. 그녀는 찢어진 부분으로는 몸을 제대로 가릴 수 없어 시트를 활짝 편 다음 절반으로 접어서 자신의 몸을 가렸다.

"이제 그만 나 좀 내버려 둬."

"생각해 보니까 내가 하기 싫을 때도 널 위해 한 적이 많았어."

"오늘은 진짜 기분이 안 난단 말이야."

힘이 빠진 그는 소파에 주저앉았다. 이제 아무것도 할 수 없을 것 같았다. 그는 한숨을 쉬며 머리를 쥐어뜯었다. 아무것도 얻지 못하고 귀중한 물건만 떨어뜨려 그것을 영영 손에 넣지 못하는 철부지가 된 기분이었다.

시위대의 함성이 크게 들렸다. 몇천 명은 되는 듯했다. 그는 매직 파마와 열린 창문과 떠들어대는 시위대가 오늘을 망쳤다는 생각이 들었다. 침대에서 빠져나온 그녀가 등을 돌리고 브래지어를 채우면서 말했다.

"그만 나가자. 배고파 죽겠어."

"샤워 좀 하고."

"빨리해."

히트는 욕조에 혼자 들어가 거품목욕을 했다. 욕조에 누워 바스락 거리는 거품을 손가락으로 툭툭 칠 때 뭔가 잔뜩 꼬여간다는 불안감이 엄습했다. 욕조에서 나와 샤워했다. 구석구석 비누칠하고 물줄기를 세차게 틀었다. 샤워기를 들고 머리에서부터 천천히 아래로 씻겨 내렸다. 축 늘어진 성기에 다시 비누칠을 하고 샤워기를 대자 성기가 벌겋게 부풀어 올랐다. 욕실 바닥에 엎드렸다. 좁은 공간에서 다리를 쭉 뻗으려니 대각선으로 엎드려야 했다.

팔이 부들부들 떨리고 귀가 빨개지도록 팔굽혀펴기를 하고 일어나서 수음했다. 억지로 사정하려고 성기를 잡은 손을 부지런히 움직였다. 그런데 어느 순간부터 성기에 쏠린 피가 빠져나가기 시작했다. 그는 축 늘어진 성기를 잡고 물줄기 속에 한참 동안 서 있었다.

히트와 C가 모텔에서 나와 사거리로 접어들었을 때 수많은 군중이 광장을 장악하고 해방구를 만들고 있었다. 그녀는 수많은 군중속으로 들어오자 기분이 나아졌다. 그녀는 무대에 올라 연설하는 사람을 보려고 그의 어깨에 손을 얹고 발꿈치를 들었다.

"요즘 시위는 카니발 같아."

그는 수많은 군중 속에 들어오자 가슴이 답답해졌다. 그가 잠시 연설을 듣다가 말했다.

"뭐라고 하는 거야?"

"세상을 바꾸자는 거지."

"도대체 무슨 말인지."

그는 두리번거리면서 어디로 빠져나갈지 탈출구를 찾았다.

"고기 먹으러 갈래?"

"왜 하필 고기야."

"고기 좋아하잖아."

"머리에 냄새 밴단 말이야."

"유명한 집이야."

"고기 먹고 광장에 나가자."

"난 관심 없어."

광장에 모인 사람들이 무대 쪽에서 들리는 구호가 끝나자 손뼉을 치며 환호했다. 그녀가 펄쩍 뛰며 말했다.

"난 행진하면서 소리지르는 게 좋아."

그는 앞장서서 사람들을 뚫고 나갔다. 사람들이 구호를 외쳤다. 짓눌린 사람들은 거리를 장악해야만 자신들의 주장을 펼칠 수 있었다. 일부 사람들은 도로로 뛰쳐나와 행진하려고 했다. 사람들은 행진과 거리 투쟁을 통해 공간을 확보하고 해방구를 만들고자 깃발을 앞세웠지만, 도로와 인도를 차단한 거대한 경찰차 바리케이드를 넘어갈 수 없었다. 그는 경찰버스와 경찰버스가 맞물린 틈 앞에 서서 저쪽 편을 바라보았다. 길게 이어진 술집들이 불을 밝혔다. 그녀가 그의 팔을 잡아당기면서 말했다.

"돌아가자."

"바로 저 집이야."

그가 가리킨 고깃집은 입구까지 테이블을 꺼내 놓고 연기를 피우고 있었다. 경찰버스와 경찰버스 사이로 고기 굽는 냄새가 바람을 타고 날아왔다. 그는 경찰버스 범퍼에 발을 디디고 그 틈에 끼어들었다. 그는 숨을 들이마시고 게처럼 옆으로 이동했다.

"따라와."

"꼭 이리 가야겠어?"

그가 틈을 통과하는 모습은 마치 거대한 동물이 똥을 싸는 것 같았다. 그의 몸은 나올 듯 말 듯 하다가 순식간에 빠져나왔다. 그는 검정 티셔츠에 묻은 먼지를 털어내고 그녀에게 손을 뻗었다. 그녀는 할 수 없이 틈에 끼어들었다. 절반쯤 지났을 때 그녀의 머리칼 몇 가닥이 경찰버스의 와이퍼 부속에 끼었다. 그녀는 누군가 자신의 머리채를 잡아당기는 듯한 기분이 들었다. 그녀는 울부짖었다.

"다 너 때문이야."

"빨리 나와. 경찰이 오고 있어."

그녀는 머리칼을 손으로 잡아당겨 끊은 다음 틈을 빠져나왔다. 그녀는 옷매무시를 고쳐잡은 다음 핸드백으로 그를 때렸다. 그가 도망치자 그를 따라가며 핸드백을 휘둘렀다. 핸드백에 머리를 맞은 그는 핸드백을 잡아당겼다. 그녀는 핸드백 손잡이를 잡아당기면서 말했다.

"너, 이게 얼마짜린 줄 알아."

그는 바로 손을 놓고 고깃집으로 갔다. 고깃집에선 자리가 날 때까지 삼십 분을 기다렸다. 자리에 앉은 그와 그녀는 건배하고 소주로 목을 축였다. 그녀가 불판에 고기를 얹다 말고 그에게 물었다.

"우리 밥 먹고 다시 가는 거지?"

그는 갈빗살을 입에 넣으려다 말았다.

"피곤해. 바로 집에 가야겠어."

"뭐 때문에 피곤해?"

"너 때문에."

"그거 못해서 삐친 거야?"

"피곤하다니까."

대화는 바로 끊겼다. 각자 술을 따르고 마시고 고기를 집어 먹고 다시 술을 따랐다. 그는 갈빗살을 입에 넣으려다 새까맣게 탄 부분을 앞니로 잘라냈다. 그는 그녀가 들고 있던 집게와 가위를 뺏었다. 그는 팔을 걷어붙이고 고기가 타지 않게 계속 뒤집었다. 그가 마지막 남은 고기를 집어 먹으면서 말했다.

"일 인분만 더 시킬까?"

"돈은 네가 낼 거지?"

그는 추가 주문한 고기 일 인분을 모두 불판에 얹었다. 숯불에 살짝 익은 갈빗살과 소주가 뱃속에서 발효되어 반죽처럼 불어났다. 그는 소주를 삼키고 나서 입술 안쪽을 혀로 한번 훑었다.

그녀는 그가 화장실에 가려고 일어날 때 그가 앉았던 의자를 물끄러미 바라봤다. 그가 화장실에 다녀왔을 때도 멍하니 의자만 바라보고 있었다. 오래 사용해 쿠션이 푹 꺼진 의자에 시커먼 기름때가 끈끈하게 달라붙어 있었다. 그가 주머니를 뒤지면서 말했다.

"몇 시지?"

그녀가 손을 뻗어 손목시계를 그의 눈앞에 갖다 댔다.

"벌써 이렇게 됐구나."

"이 시계 보면 볼수록 예뻐. 그런데 잠금 부속이 낡아서 자꾸 풀어져."

"좋은 거 사지 그랬어."

그녀는 눈을 질끈 감고 한숨을 쉰 다음 그의 얼굴에 시계를 들이댔다.

"어떻게 이 시계를 모를 수가 있어?"

"비싼 거구나?"

"우리 만난 지 백일 되는 날 네가 선물한 거잖아."

그는 만난 지 백일째 되던 날을 떠올리려 했지만, 아무것도 떠오르지 않았다.

"알아, 농담한 거야."

"시계 선물하면서 카드에 뭐라고 썼는지 기억나?"

"그건 왜?"

"뭐라고 썼느냐니까?"

"너 오늘따라 왜 그러냐? 이 년 전 걸 어떻게 기억해."

그녀는 꺼져가는 숯불을 멍하니 바라보다가 핸드백을 챙겨 벌떡 일어났다.

"고장 난 시계를 수리해서 오늘까지 찼지만, 이젠 없어도 될 것 같아."

"지금 여기서 나가면 끝장인 줄 알아!"

"넌 동물 같아. 넌 오로지 그것밖에 관심 없지?"

그녀는 자기가 한 말에 스스로 놀라며 잔이 넘치도록 소주를 따른 다음 단숨에 마셨다.

"어디 가는 거야?"

그녀는 계산서를 그 앞으로 던지고 뒤도 돌아보지 않고 뛰어나갔다. 그는 자리에서 일어나서 그녀를 쫓아가려다 말았다. 뛰어가던 그녀의 뒷모습에 실패라고 쓰여있는 듯했기 때문이었다. 천천히 소주를 잔에 따르고 마지막 잔을 기울였다.

그는 계산하고 고깃집을 나섰다. 거리는 식당과 술집에서 뿜어져 나오는 열기에 잔뜩 취해 있었다. 길바닥을 보고 걸을 때 무리를 지어 흐르는 수많은 발걸음 때문에 어지러웠다. 가로수 밑에는 마시고 버린 음료수 용기, 담배꽁초, 시위대의 구호가 인쇄된 빨간 종이가 수북하게 쌓인 채 가래침과 뒤섞여 있었다. 시위대의 함성이 들렸다. 그는 광장으로 가려다가 발길을 돌려 전철역을 향해 걸었다.

경찰은 시위대가 신촌기차역 광장을 벗어나지 못하게 포위하기 시작했다. 잠시 후 경찰의 경고가 있었고 곧바로 살수가 시작되었다. 살수차에 올라타고 있던 경찰은 살수의 위력을 보여주겠다는 듯이 먼저 바닥을 향해 물을 뿜었다. 살수관에서 뿜어져 나온 물이 아스팔트를 세차게 때렸다. 사람들은 공중파 방송국 로고를 보고 어차피 보도도 안 할 거면서 왜 찍느냐고 야유를 퍼부었다. 사람들은 살수를 감행하는 경찰에 항의했지만 소용없었다. 물을 뿜는 살수차는 두 대였고 한 대의 살수차가 뒤에서 대기했다. 경찰은 살수차를 보호하는 사각 방어대형을 구축했다. 물줄기는 밤하늘을 향해 포물선을 그렸다. 약 10m 반경 안에 있는 사람들이 전부 물줄기에 맞서는 방패가 되었다. 광장에 타오르던 열기와 흥분은 물줄기에도 수그러들지 않았다. 경찰은 확성기로 해산을 종용했다. 사람들은 살수를 피하다가도 살수가 끝나면 다시 모여들었고 경찰의 확성기 소리가 들리지 않게 더 큰 야유와 함성을 질러댔다. 비옷을 준비하지 못한 사람들은 양말과 속옷까지 다 젖었다. 살수관은 방향을 틀면서 광장 안에 갇힌 사람들에게 골고루 물을 뿌렸다. 물살에 고개를 들지 못하던 사람들은 경찰의 전진에 쫓기게 되었다. 경찰은 살수와 방패로 밀어붙이면서 사람들을 조금씩 해산시켰다. 앞에서 물을 뿜던 살수차 두 대가 전진하고, 뒷줄에 대기 중이던 살수차 한 대도 합류하여 함께 물을 뿜었다.

C는 머리를 손수건으로 묶고 나서 사람들을 뚫고 앞으로 나갔다. 사람들이 구호를 외쳤다. 그녀도 따라 구호를 외쳤다. 짓눌린 사람들은 거리를 장악하고 싶었다. 장벽을 무너뜨리고 도로로 뛰쳐나가 무한한 질주를 하고 싶은 사람들은 경찰버스에 밧줄을 묶었다. 앞 범퍼고리와 앞바퀴의 축에 묶인 밧줄은 모두 다섯 군데였다. 사람들은 도로와 인도를 차단하는 거대한 바리케이드를 넘어뜨리려고 밧줄을 잡았다. 온 힘을 다해 밧줄을 잡아당기는 사람들 중에 그녀가 있었다. 경찰은 밧줄을 잡은 사람들에게 집중적으로 실수했다. 청바지가 묵직해지고 다리에 감각이 사라졌지만 그녀는 물러나지 않고 온 힘을 다해 밧줄을 당겼다. 밧줄을 잡아당길수록 그녀의 가슴에서 뜨거운 무엇이 피어났다. 그녀는 아주 가까이에 있는 그 무엇을 위해, 자기 자신을 위해 밧줄을 잡아당겼다. 경찰버스가 들썩거

릴 때마다 사람들은 환호성을 질렀다. 그녀는 계속 물을 맞으면서 구호를 외쳤다. 밧줄을 당기는 사람들에게는 앞사람의 모습이 보이지 않았다. 사람들은 구호에 따라 밧줄을 당기고 또 당겼다. 마치 한 몸이 움직이는 듯했다. 그녀는 구호에 맞춰 밧줄을 당기면 당길수록 가슴이 후련해지는 것 같았다.

경찰버스는 계속 들썩거릴 뿐 꿈쩍도 하지 않았다. 경찰버스는 그 자체로 거대한 벽이었다. 지친 사람들은 밧줄을 놓았다. 차 벽을 무너뜨리지 못한 사람들의 반응은 두 가지로 나타났다. 허탈감에 주저앉은 사람들과 악이 받쳐오른 사람들이었다. 흥분한 몇몇 사람들이 버스에 올라가려고 매달렸다. 사람들은 사다리가 되었다. 버스 위로 올라가려는 사람들은 사람의 등을 밟고 어깨를 밟고 버스 위로 올라서려고 했다. 버스 위를 먼저 장악한 경찰들이 사람들이 버스 위로 올라오지 못하게 막았다. 어느 사내는 버스 위에서 경찰과 몸싸움을 벌였다. 사람들은 비폭력을 외쳤다. 사람들의 외침에 기가 꺾인 사내는 버스 위에 서서 두 팔을 벌렸다. 많은 사람이 버스 아래로 몰려들어 손을 뻗었다. 사내는 순례자처럼 꼿꼿하게 서서 망설임 없이 뒤로 몸을 날렸다. 많은 사람이 환호하며 사내를 받았다. 사내는 누워서 환호를 받으며 파도를 타다가 안전하게 땅을 밟았다.

집으로 가는 지하철에서 졸음이 쏟아졌다. 피로는 몰려오는데 스트레스는 멀찌감치 물러난 느낌이었다. 그녀는 빈자리가 나자 빨리 걸어가서 앉았다. 그녀의 옷은 아직 마르지 않아 축축했다. 옆에 앉아 있던 사내가 일어났다. 그녀는 시간을 보려고 손목을 봤다. 손목시계가 없었다. 손목이 허전하지 않고 홀가분했다. 그녀는 빨리 집에 가서 눕고 싶은 생각뿐이었다.

tugging men3 130cm x194cm oil on linen 2012

tug of war2 73cmx91cm oil on linen 2012

조각난 이미지

베개 속에 감춰둔 부적

지금까지 완전하게 봐 왔다고 생각했던 것이 실은 하나의 조각일지도 모른다.
우리는 조각을 보고 전체를 판단하는 오류를 범한다.
대상을 온전히 보려면 입체적인 시각으로 볼 필요가 있다.
한 장면의 그림을 완성하고 일정한 크기로 잘라 재배치하는 작업은
우리가 빠뜨렸거나 생각하지 못했던 부분을 밝혀낼 수 있다.
어떠한 현상에 대한 다양한 사유를 이끌어내는 이야기.

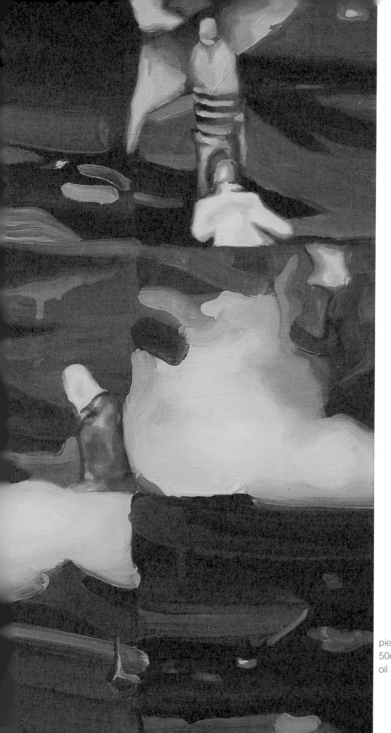

piece 12
50cmx65.5cm
oil on linen 2014

베개 속에
감춰둔 부적

　히트는 햇살이 하나도 들어오지 않는 건물 복도를 지나 세 번째 집 대문 앞에 섰다. 천장의 센서등은 켜지지 않았다. 그는 도어락을 더듬어 숫자 버튼을 누른 다음 문을 반쯤 열고 서서 눈을 감았다. 자신의 숨소리 외에는 아무 소리도 들리지 않았다. 갑자기 그녀가 누구냐고 소리칠 것 같아 가슴이 두근거렸다. 그는 콧구멍에 힘을 주고 숨을 들이마셨다. 그녀의 냄새가 느껴지지 않아 다시 숨을 깊게 들이마셨다. 방안의 냄새가 온몸을 감싸 안도록 기다리면서 방안을 둘러보았다. 그는 방에 대한 기억을 떠올려 보았다. 방에 잠시 머물렀던 기억이 차츰 선명해지다가도 그녀의 방이 아닌 것 같아 고개를 저었다. 방안을 다시 둘러보며 사물 하나하나를 차근차근 인식했다.

그러자 긴 여행을 끝내고 아늑한 집으로 돌아온 느낌이 들었다.

싱크대 옆에 붙은 원목식탁이 기억했던 것보다 작다고 느끼면서 침대로 다가갔다. 방을 가로질러갈 때 땀에 젖은 양말이 쪽마루에 달라붙었다. 9월의 늦더위는 방안에서도 고스란히 느껴졌다. 침대 위에 베개가 이불을 반쯤 덮고 누워 있었다. 예전에 봤던 그 베개 같았다. 자는 아이 안듯이 베개를 들어서 안았다. 너무 푹신하지도 너무 딱딱하지 않은 적당한 탄력이었다. 베개에 얼굴을 묻고 그녀의 냄새가 나는지 맡아보았다. 그녀의 냄새가 아주 희미하게 느껴졌다. 베개의 겉옷은 흰색 면이었다. 다림질이 미치지 못한 이음매와 가장자리의 주름이 두드러져 보였다.

히트가 이 방에 오게 된 것은 그녀가 보낸 메일 초대장 때문이었다. '당신 생일날 우리집에 놀러오세요.' 그는 그녀가 보낸 초대장의 제목을 보는 순간 숨이 멎는 듯했다. 생일선물로 나랑 하룻밤 자주겠다는 제안처럼 느껴졌기 때문이었다. 그녀와 그는 카카오스토리 친구라 그의 생일은 쉽게 알 수 있었을 것이다. 그는 그녀가 자신의 생일을 챙겼다는 것은 그동안 겉으로 표현은 안 했지만, 자신을 마음에 두고 있었다는 것처럼 느껴졌다. 그는 메일을 열어보기도 전에 제목만 보고 흥분을 가라앉히면서 별의별 상상을 다했다.

그가 상상한 장면들은 뒤섞이기 시작했다. 제일 먼저 떠오른 장면은 침대에 누워 있던 그녀가 이불을 들치며 자신을 맞이하는 장면이었다. 그녀와 와인을 마시고 생일케이크의 촛불을 끄는 장면. 그녀가 예쁜 잠옷을 입고 먼저 침대에 들어가는 장면. 그녀의 따뜻한 가슴에 얼굴을 묻는 장면. 마지막 장면은 샤워하고 물기를 닦는 둥 마는 둥 수건을 집어던지고 이불 속으로 뛰어들어가는 장면이었다. 파편처럼 떠오르는 장면들을 모아 사각의 프레임에 모으면 재미있는 작품이 될 것 같았다.

실제로 그는 종이에 아크릴물감으로 어떤 거리의 풍경을 그린 다음 일정한 크기로 조각 낸 다음 뒤섞었다. 그러자 기억하고 있던 장면이 재구성되었고 시간의 흐름도 바뀌었다. 그는 거리를 찍었던 사진을 놓고 조각으로 재구성한 그림과 비교해 보았다. 길에 서서 마주보고 이야기하던 사람들은 그냥 스쳐 지나가는 것처럼 보였고. 바로 앞에 있던 가로수는 길 건너에 있는 나무처럼 보였다. 그는 재구성된 조각 그림을 보면서 지금까지 완전하게 봐왔다고 생각했던 것이 실은 하나의 조각일지도 모른다는 생각이 들었다. 그는 지금까지 조각을 보고 전체를 판단해 온 경우가 많은 것 같았다. 대상을 온전히 보려면 입체적인 시각으로 볼 필요가 있었다. 그가 최근에 개발한 오브제는 원통이다. 한 장면의 그림을 완성하고 일정한 크기로 잘라 원기둥에 재배치하는 작업이다. 작품을 감상하려면 원통 주위를 한 바퀴 돌아야 한다. 그는 잘라진 조각으로 재구성한 화면을 입체적으로 바라볼 때 다양한 사유를 이끌어낼 수 있다고 생각했다.

히트는 초대장을 봤을 때 상상만으로도 그녀의 심장 소리가 들리는 듯했다. 그는 떨리는 손으로 메일 제목을 클릭했다. 내용을 확인한 순간 조금 전까지 귓전에 울리던 심장 소리가 약해졌다. 그녀는 자신의 방을 돈을 받고 호텔처럼 숙소로 제공하는 사이트의 호스트였다. 그를 이 방으로 이끈 메일 초대장에 적힌 '당신 생일날 우리집에 놀러오세요.'라는 제안은 한 조각의 퍼즐이었다. 그는 한 조각의 퍼즐을 보고 망상을 한 자신이 딱하고 기가 막혔다. 초대장을 보고 들떴던 순간들을 날려버리고 곰곰이 생각했다. 그동안 자신은 조각으로 전체를 바라봤던 것이고 완전하게 봐왔던 것은 하나의 조각이었다. 그녀의 방을 스케치해서 그림을 그리기로 마음먹었다. 그녀의 방을 자세히 담아 일정한 크기로 조각 내서 뒤섞은 다음 기억하는 이미지를 재구성하기로 했다. 완성된 프레임에서 떨어져 나온 한 조각은 그녀의 메시지가 담긴 초대장으로 연출하기로 했다.

그녀가 보낸 메시지는 기념일에 색다른 공간에서 사랑하는 사람과 멋진 추억을 만들어 보라는 것이었다. 초청장에 링크된 사이트에 들어갔다. 그곳엔 수많은 방이 사람들을 기다리고 있었다. 그녀의 방을 구경하기 전에 사용 후기가 많이 달린 방을 먼저 구경했다. 어느 호스트의 방은 침대가 놓인 창가를 중심으로 삭은 테이블에 후리지아가 풍성한 꽃병이 놓여 있었다. 이인용 소파의 쿠션과 화장실의 수건도 노란색이었다. 사진에서 레몬향이 나는 것 같았다.

베개를 쓰다듬을수록 그녀가 느껴졌다. 그녀가 자신의 방을 숙소로 제공하기 시작하면서 베개를 새로 샀다면 이 베개를 한 번도 사용하지 않았을 수도 있을 것이다. 하지만, 방을 소개하는 페이지를 보면 사업을 시작한 시점을 알 수 있었다. 그에 비해 베개는 많이 낡아 있었다. 그래서인지 자신이 영역표시를 했던 베개 같았다. 베개에 얼굴을 묻고 그녀를 느껴보았다. 자신이 쓰는 베개와 달리 순수하고 깨끗한 느낌이었다. 그는 두피가 지성이라 하루에 한 번 머리를 감아야 했지만 술에 취해 집에 들어오면 양치도 하지 않고 바로 누워버리기 일쑤였다. 아침에 일어나면 머릿기름이 스며든 베개에서 역겨운 체취가 나 바로 커버를 벗겨서 세탁했다. 그러다가 그것도 번거로워서 베개에 수건을 둘러 옷핀으로 고정해 사용하다 냄새가 나면 수건만 벗겨서 빨았다. 수건을 사용하니 베개 커버를 세탁해야 하는 것보다 편리했다. 수건을 두른 베개는 샤워하고 나온 여자의 배를 안은 기분이라 잠도 잘 왔다. 베개에 얼굴을 묻고 있으니 그녀의 품에 안긴 것 같았다. 그는 지퍼를 열고 흰색 천으로 된 베개의 겉옷을 벗겼다. 베개의 속옷은 약간 누렇게 변색된 흰색이었다. 수많은 밤을 지새우며 그녀의 머리를 떠받혔던 자리처럼 느껴졌다. 그녀의 침과 콧물 자국으로 보이는 얼룩이 보였다. 어쩌면 누구를 향한 눈물이 깊숙이 스며들었을지도 모른다. 베개의 속옷에코를 대보아도 아무런 냄새가 나지 않았다. 애써 기억에서 그녀의 냄새를 끄집어 내었다.

　다시 베개 냄새를 맡아 보았다. 기억이 환상을 만들어냈는지 차츰 그녀가 선명해졌다. 겉옷을 벗고 속옷만 입은 베개를 쓰다듬었다. 좁쌀 같은 구슬이 꽉 찬 베개의 속살은 스펀지처럼 가벼웠다. 수많은 구슬이 서로 어떻게 연결되어 우아한 모양을 유지하는지 궁금했지만, 속옷까지 벗겨보는 것은 탐탁지 않았다. 손끝으로 만져지는 구슬 덩어리는 성형미인의 풍만한 가슴을 만지는 듯했다. 그는 궁금증을 견디지 못하고 속옷의 지퍼를 조금 열었다. 구슬들은 또 하나의 속옷을 입고 있었다. 역시 자신이 영역표시를 했던 베개가 틀림없다는 생각이 들었다. 고탄력 스타킹 같은 재질의 주머니 안에 수많은 구슬이 가득했다. 좁쌀 같은 구슬들은 신소재처럼 보였는데 서로 끌어당기거나 밀쳐내는 어떤 자력 같은 것을 매개로 형태를 유지하는 것 같았다. 그는 그녀를 애무한다고 상상하면서 손가락으로 구슬들을 살살 굴려 보았다. 구슬은 아주 미끄러운 재질이었다. 만질수록 구슬과 구슬 사이에서 윤활유가 나오는 것 같아 손끝으로 전해지는 느낌이 좋았다. 속옷의 입구를 더 벌리고 스타킹 재질의 속주머니를 더 뽑아냈다. 주머니를 자세히 들여다보니 새끼손가락 길이만큼의 입구가 있었다. 그 부분은 손바느질로 성글게 봉해져 있었는데 자신의 솜씨 같지는 않았다. 그는 그날밤 영역표시를 하고 꼼꼼하게 바느질했던 것으로 기억하지만, 마음이 급하여 바느질을 꼼꼼하게 하지 않았을 수도 있었다.

속주머니 끄트머리를 봉한 실을 송곳니로 끊었다. 실이 제법 질겨 한 번에 물어뜯지 못하고 자꾸만 입질을 하다 보니 속주머니 어귀에 침이 흥건하게 배었다. 끊어진 실을 살살 풀어서 열었다. 구슬이 햇살에 반짝거렸다. 창문을 뚫고 들어온 햇살이 강하지도 않은데 구슬들이 반짝거리는 것을 보니 신비로웠다. 손가락을 집어넣어 구슬들을 휘저었다. 물컹한 느낌이었다. 입에 손가락을 넣고 잇몸을 더듬는 느낌이었다. 손가락에 밀려난 구슬들이 옆에 있는 구슬을 자극하면서 열이 나는 듯했다. 손가락 하나로는 만족할 수 없었다. 검지와 중지 손가락을 집어넣어서 구슬을 휘젓다가 자신도 모르게 흥분하여 베개를 들어 올린 게 문제였다. 구슬이 물처럼 침대로 흘러내렸다. 깜짝 놀라서 움찔하는 순간 좁쌀 같은 구슬이 침대에서 바닥으로 굴러 떨어졌다. 이번에는 끄트머리를 더 벌리고 손을 집어넣었다. 조금씩 조금씩 구슬 사이로 손가락을 넣어 더듬으며 부적을 찾았다.

이 년 전 양복 한 벌 장만하려고 모았던 돈으로 부적을 썼다. 영험한 무당이라고 소문난 여자는 그녀와 맺어지고 싶으면 부적을 쓰라고 했다. 그 부적을 그녀가 매일 접하는 곳에 넣어두면 삼 개월이 넘어가기 전에 사랑에 빠질 것이라고 했다. 부적은 노란색 한지에 빨간 물감으로 콩알만 한 문양이 빼곡하게 그려져 있어 신비로웠다.

그는 부적을 돌돌 말아 청실홍실로 칭칭 감았다. 부적은 새끼손가락 크기만 했다. 그는 그녀 몰래 베개 속에 부적을 넣었다.

아무리 뒤져봐도 부적은 없었다. 부적을 찾기 전에는 부적을 찾으면 무당을 다시 찾아가 전액 환불받고 싶은 심정이었지만 부적을 찾느라 힘이 쭉 빠지고 나니 자신이 한심스러웠다. 베개의 속주머니가 배가 터진 물고기처럼 침대에 늘어져 있었다. 침대에 떨어진 구슬은 손으로 모아 어느 정도 속주머니로 집어넣었지만, 바닥에 떨어진 구슬은 난감했다. 빗자루와 쓰레받기가 있는지 찾았지만 없었다. 방안을 뒤지다 장식장 서랍에서 반짇고리를 꺼냈다. 손바닥 만한 수첩형태의 반짇고리 세트에는 여분의 다양한 단추도 준비되어 있었다. 바늘에 실을 꿰어 주머니 입구를 봉했다. 구슬 주머니에 속옷을 입히고 겉옷을 입혔다. 이불을 걷어내고 침대에 떨어진 구슬을 손으로 훑어 바닥으로 떨어뜨렸다. 바닥에는 빗자루와 쓰레받기를 찾아 돌아다니느라 구슬이 사방으로 퍼져 있었다. 발을 들어보니 양발에도 좁쌀만 한 구슬이 달라붙어 있었다. 양발을 벗어 구슬을 털어낸 다음 동그랗게 말아 가방에 집어넣었다.

침대에 이불을 보기 좋게 펼쳐 놓은 다음 기운 없어 보이는 베개를 안았다. 베개는 세웠을 때 허리까지 올 정노로 기다랗고 뒤통수가 닿는 부위를 낮게 만든 인체공학적 디자인이었다. 베개는 전체적으로 납작한 편이었다. 누워 잘 경우에 어깨를 받쳐줄 수 있을 정도의 높이에다가 부드럽고 완만한 곡선으로 이루어져 있었다. 그는 베개의 겉옷을 입히고 다독거려 모양을 잡은 다음 침대에 눕혔다.

히트는 침대에서 멀찍이 떨어져서 베개가 편안하게 누웠는지 확인했다. 오늘 자신과 함께 잠자리에 들 베개를 한 발 떨어져서 바라보니 그녀가 두 다리를 쭉 뻗고 누워서 쉬는 것처럼 보였다. 사람을 바라보는 것도 한발 물러서서 거리를 둬야 제대로 볼 수 있었다. 그녀와 같은 미술학원에 다니면서도 그녀의 주변을 맴돌았을 뿐 먼저 말을 건넨 적은 없었다. 언제나 멀찍이 떨어져서 그녀를 힐끔거렸을 뿐이었다. 어쩌다 실기실 복도를 스쳐 지나갈 때나, 사람들이 가득한 엘리베이터에서 그녀의 냄새를 느꼈을 때 알쏭달쏭하고 조금은 복잡한 느낌이 들었다. 나중에 그녀를 떠올리면 어디선가 그 냄새가 풍겨왔다. 그녀와 친한 선배 강사에게 그녀는 독특한 향수를 즐겨 사용하는 것 같다고 그 향수가 궁금하다고 말했다. 어느 날 선배는 그녀에게 직접 물어봤는데 그녀는 향수를 전혀 사용하지 않는다고 했다. 그는 은연중에 선배를 통해 그녀에게 관심을 표현한 꼴이 된 것 같아 물어본 것이 후회스러웠다. 어쩌다 그녀와 마주치는 순간이 오면 그는 고개를 숙이고 숨을 깊게 들이마셨고 그녀는 무표정한 얼굴로 가던 길을 갔다.

그녀의 냄새는 어떤 강렬한 냄새와 섞어도 잘 어울리는 꽃향기였다가, 잔잔하게 깔리면서 잘 드러나지 않고 다른 향이 드러날 수 있게 도와주는 향으로 변하더니 결국 시간이 지날수록 매력을 발산하는 독특한 향 그 자체가 되었다.

이상한 것은 다른 사람은 그녀의 냄새를 맡지 못한다는 점이었다. 후배 강사에게 화장실에서 그녀를 만나면 가까이 가서 냄새를 맡아보라고 부탁을 했는데 후배 역시 그녀에게선 아무 냄새도 나지 않는다고 했다. 선배는 짝사랑이 불러일으킨 환후라고 놀려댔다. 하지만, 그는 분명히 그녀의 독특한 냄새를 느낄 수 있었다. 그는 그녀의 독특한 냄새에 빠지고 난 뒤 원초적이고 동물적인 후각이 갑자기 발달하기 시작했다. 사람냄새가 사라져 가는 세상에서 자신의 후각이 예민해졌다는 사실이 놀라웠다. 그녀의 독특한 냄새는 단순히 동물적 호르몬이었을지도 모르지만, 그는 그만큼 그녀에게 강렬한 인상을 받은 것이었다. 그는 정신없이 살다가 문득 자신에게서 아무 냄새가 나지 않는다는 것을 느낀 적이 있었다. 모두 엇비슷한 냄새를 발산하면서 사는 사람들 틈에 끼어 있다 보니 자신의 독특한 냄새를 잃어버렸던 것이다.

히트는 침대에서 편안하게 쉬는 베개를 바라보다가 가방을 식탁 의자에 올려놓고 짐을 풀었다. 반바지와 티셔츠로 갈아입고 본격적으로 그녀의 냄새를 느껴보기로 했다. 사람의 냄새를 맡으려면 그 사람의 옷장을 열거나 그 사람이 방금 잠에서 깨어나서 빠져나온 이불에 들어가 보는 것이 제일 좋다. 그는 어느 겨울날 혼자 남은 사무실에서 옷걸이에 걸린 그녀의 모직코트를 안고 냄새를 맡은 적이 있었다. 코트의 안감에 배어 있던 그녀의 냄새에 취해서 몽롱한 상태로 서 있다가 인기척에 놀라 옷걸이와 함께 넘어진 적이 있었다. 사람의 몸에 바로 코를 들이대는 것은 냄새를 제대로 느낄 수 없다. 냄새는 은은하게 풍기는 맛이 있어야 한다. 카레를 담은 접시에 코를 대고 맡는 것보다 집안에 들어섰을 때 은은하게 풍기는 카레냄새가 더 좋다. 그는 연필을 깎으면 기분이 좋아진다. 칼을 세워 연필의 흑심을 갈아낼 때 나는 향을 좋아한다. 그는 한여름 소나기가 다녀간 학교 운동장의 식은 흙냄새도 좋아한다.

그녀가 가입한 사이트의 호스트들은 주로 외국인을 상대로 한국의 따뜻한 문화를 팔았다. 대부분 여행자는 오랜 시간 비행기를 타고 도착한 이국땅의 호텔에선 피로가 쉽게 풀리지 않는 법이다. 소독약 냄새가 나는 깔깔한 시트가 깔린 침대보다는 사람냄새가 나는 포근한 가정집 방이 따뜻한 추억을 만들어줄 것이다. 사이트의 대부분 호스트는 한국적인 냄새가 나게 방을 꾸미거나 각자 개성을 살려 홍보를 하고 있었다. 그녀의 방은 수면 부족으로 고생하는 사람에게 알맞은 방이었다. 침구류부터 빛을 완벽하게 차단하는 커튼, 그리고 조명기구까지 달콤한 수면을 위해 연출되어 있었다. 그 방의 침대 옆 선반에 손바닥 크기의 양 인형 수백 개가 털 뭉치처럼 올려져 있었다. 양 인형이 포근하고 귀여워서 그냥 바라만 봐도 잠이

들 것 같았다. 그녀가 사이트에 작성한 '깊은 잠으로 몸을 편안하게 하고 꿈꾸는 잠으로 뇌에 활력을 주자.'라는 제목의 내용에는 제대로 쉬고 제대로 숙면해야 성공한다는 내용의 인사말이 쓰여 있었다. 그는 그녀의 방을 살피다가 그녀가 손님들의 명품 수면을 위해 특별히 제공한다는 베개에 꽂혔다. 그녀 자신이 직접 만들었다는 베개는 그 속에 좁쌀만 한 구슬이 수십만 개나 들어 있어 시원하게 머리와 목을 구조적으로 지탱해주는 세상에 하나밖에 없는 베개라고 했다. 베개 소갯글의 마지막 문구가 인상적이었다. '목 주름은 베개에서 비롯됩니다.' 그는 항상 소파에 누워 티브이를 보느라 목 주름이 늘어나고 있었다. 그래서 셔츠 단추도 항상 첫째 단추까지 채워서 입는 편이다. 그는 그 기다랗고 낮은 베개 사진을 살펴보다가 그녀가 쓰던 베개라는 것을 알았고 예전에 자신이 부적을 몰래 넣은 베개라는 확신이 들었다.

히트는 사이트 사진에서 눈에 익은 베개를 발견한 사실만으로도 그녀가 선명하게 떠올랐고 어디선가 그녀의 독특한 냄새가 풍겨오는 듯했다. 그는 그녀를 만나러 가는 기분으로 방을 예약하고 말았다.

그는 자신에게 어울리는 독특한 향을 찾아다닌 적이 있었다. 어느 향수가게 주인이 향은 코로 맡는 것이 아니라 후각적 환상을 느끼는 것이라고 했다. 사진 속 베개에서 그녀의 냄새가 나는 것 같아서 다시 흥분되었다. 그녀가 수년 동안 살았던 집에 가서 베개를 안고 자고 싶었다. 아직 그녀의 방에서 자고 간 사람은 없는 것 같았다. 자신이 첫 손님으로 그녀의 방에 들어가야겠다고 다짐하고 바로 예약을 했다.

그는 그녀의 냄새가 강렬했던 날을 잊을 수가 없었다. 이 년 전 대학 입시 실기시험이 모두 끝나고 있었던 회식 날이었다. 2차로 갔던 클럽파티에서 한바탕 소동이 있었다. 아리따운 여자와 어떡해서든 엮이고 싶은 사내들의 억지스런 몸 사위가 끊이지 않는 스테이지에서 그녀를 짜릿하게 느낄 수 있었다. 그때를 떠올리자 장면들이 뒤섞이기 시작했다. 제일 먼저 떠오른 장면은 넘어진 그녀를 일으켜 세우기 전에 그녀의 블라우스가 콧구멍에 달라붙을 정도로 냄새를 빨아들였던 장면이었다. 화장품과 땀이 섞인 강렬한 냄새였다. 늘 쓰는 향수 같지 않았다. 이제까지 맡아본 적이 없는 향수였다. 그다음 장면은 술에 취한 사내가 여자의 뒤로 바싹 붙어 몸을 흔들어 대다가 그 여자의 남자친구와 시비가 붙는 장면이었다. 앞에서 춤을 추던 그녀가 사내들의 발길질을 피하다가 뒤로 넘어지는 바람에 그도 덩달아 넘어졌다. 윤기가 흐르는 그녀의 머리칼이 바닥에 방사상으로 퍼진 채 사람들에게 짓밟혔다. 그녀는 비명을 질렀다. 그는 재빨리 그녀의 긴 머리칼을 모아쥐면서 일으켜 세워 그녀를 감쌌다. 사람들이 넘어져서 뒤엉키는 한바탕의 소란 속에서 그녀를 안고 있었던 것이다. 그녀의 머리칼에서 숯불에 구운 고기 냄새가 났다. 고기 냄새의 끝자락에 딸려온 냄새는 은은한 화장품 냄새였다. 그는 그녀를 자리까지 부축해서 간 다음 그녀 옆에 앉아 얼음물을 마시면서 계속 숨을 크게 들이마셨다.

"향수 뭐 써요?"

그녀는 술에 취해 입을 조금 벌리고 소리 없이 가볍게 웃기만 하더니 얼굴을 그에게 들이대면서 말했다.

"오백 원짜리도 들어가겠다."

그는 손으로 코를 가리고 그녀에게서 떨어졌다.

"백 원짜리 겨우 들어가요."

그녀는 담배연기를 빨아들이더니 입을 벌리고 가만히 있었다. 벌어진 입에서 담배연기가 드라이아이스처럼 흘러내렸다. 웃음을 참으려고 애쓰는 것 같았다. 그녀는 술을 더 마시고 완전히 취해 버렸고 그녀가 무슨 향수를 쓰는지 알아내지 못했다. 그는 옆자리에서 그녀가 사람들과 건배를 하려고 움직일 때마다 풍기는 냄새에 배가 살살 아팠다. 내장이 뒤틀리는 듯한 통증이 왔는데 이상하게 흥분되면서 기분이 좋았다.

히트는 그날 만취한 그녀를 집에 데려다주었다. 그녀를 침대에 눕히고 고른 숨소리가 날 동안 기다렸다가 베개에 부적을 몰래 집어넣었다. 부적을 베개에 넣고 나서 집안을 둘러보았지만 향수는 찾을 수 없었다. 그는 그녀의 침대 옆에 앉아 날이 밝을 때까지 그녀의 냄새만 맡다가 살며시 집을 나와 첫차를 탔다.

그녀는 그에게 독특한 냄새를 남기고 미술학원을 그만두었다. 그녀는 시각디자인 전공이었다. 외국여행을 다녀와서 친구들과 여행사를 하겠다고 했는데 독특한 테마여행 상품을 기획하고 있다고 했다. 그는 한번 그녀에게 안부 메일을 보냈는데 계속 읽지 않음 상태였다. 그녀가 여행사를 시작하면 접근할 기회가 생길 것이라고 위로하면서 한동안 향수가게를 돌아다녔다. 점원은 여자친구에 선물할 거냐고 하면서 적극적으로 테스트용 제품을 선보였다. 그는 이거다 싶은 향수를 만나면 손목에 뿌린 다음 가슴에 새겨진 그녀의 냄새와 연결해보려고 애썼다. 그녀의 냄새와 비슷한 향수를 찾아 돌아다니다가 어느 향수가게에 들어가서는 자신이 찾는 향에 대해 설명한 적이 있었다.

"들국화 향기에 약간 꼬리꼬리한 향이 살짝 첨가된 그러니까 아주 입체적인 향이에요."

여자 주인은 심각한 표정으로 향수를 뿌린 테스트 용지를 손으로 흔든 다음 그에게 건넸다. 잠시 후 똑같은 향수를 자신의 손목에 뿌리더니 손목을 그의 코 가까이 들이밀었다.

"향수를 즐겨 뿌리는 사람은 자신의 냄새가 어느 브랜드의 향이라고 생각하지만 그렇지 않아요. 향수는 몸에 뿌려지는 순간 기분상태와 분열하고 체온과 결합하면서 향기가 달라집니다."

"향이 다르긴 다르네요."

"향수를 뿌린 사람이 어느 공간에 있는가에 따라 향기는 계속 변합니다."

"그때 향이 독특해서 그 향수를 쉽게 찾을 수 있을 줄 알았죠."

"그건 향의 깊이를 모르고 향수를 탈취제 정도로 활용하는 거지요."

그는 향은 코로 맡는 냄새가 아니라 환상이라는 말을 듣고 향수가게에서 그녀의 냄새를 찾는 여정을 멈추기로 했다. 그는 여자 주인이 권한 향수를 사고 말았다. 그 향수는 인간의 체취와 가장 유사하다는 사향이 첨가된 향수였다.

그녀가 나중에 방을 둘러보다가 바닥에 떨어진 구슬을 발견한다면 큰일이었다. 그 구슬이 자기가 직접 만들었다는 베개에서 터져나온 것이라는 걸 알아차린다면 이상하게 여길지도 모를 일이었다. 그는 바닥에 떨어진 구슬을 쓸어담으려고 임시방편으로 빗자루를 만들었다. 양변기를 닦는 솔에다 두루마리 휴지를 감아 빗자루처럼 사용하였는데 잘 쓸리지는 않았다. 구슬은 생각보다 멀리 굴러가서 작은 틈에 박혀 있었다.

그는 구슬 하나를 집어 손끝으로 굴려보았다. 실리콘 재질 같은 구슬엔 구멍이 없었다. 구멍이 있었다면 실에 꿰어 목걸이를 만들어 봤을 것 같았다. 물렁물렁해서 바늘로 찔러 실로 꿸 수는 있겠지만, 그건 대단히 힘든 작업이었을 것이다. 베갯속에서 흘러나온 구슬은 아무 쓸모없는 존재 같아서 무엇에 쓸 수 있을까 하고 잠시 아이디어를 내 보려고 했지만 아무 생각도 나지 않았다.

그녀의 방은 커다란 장식장 세 개가 모여 벽면 전체를 가리고 있었다. 유리를 통하여 보이는 선반에는 신약성서와 붓다의 말씀이 나란히 꽂혀 있었다. 장식장은 고급스러웠는데 원목의 느낌을 살려 광이 나지 않게 칠한 느낌이 좋았다. 첫 번째 장식장과 두 번째 장식장 사이의 틈에 구슬이 굴러 들어가 있었다. 먼지에 파묻힌 구슬은 철사 같은 도구가 없어 건져낼 수 없었다. 두 번째 장식장과 세 번째 장식장의 틈에도 구슬이 굴러 들어가 있었는데 구슬 뒤로 명함이 한 장 끼어 있었다. 장식장 틈으로 들어간 구슬은 포기하기로 했다. 엉덩이를 옆으로 옮겨 냉장고 밑에 떨어진 구슬을 건져 올렸다.

바닥을 살피고 일어나서 싱크대를 향해 가는데 냉장고 옆면에 움푹 들어간 자국이 보였다. 자국을 만지다가 주먹을 쥐고 그 자리에 대보았다. 요즘 남자들은 다양한 방법으로 자신의 영역표시를 한다. 얼마 전 영국에선 여행객으로 보이는 어느 남자가 버스정류장에다 똥을 싸고 유유히 사라지는 장면을 촬영한 동영상이 화제가 되기도 했었다.

일 년 전 그는 그녀의 자줏빛 멍 자국을 기억한다. 화장을 진하게 했어도 멍은 그대로 드러났었다. 그녀가 퇴사하기 전까지 그녀를 만나려고 퇴근시간에 미술학원 근처를 서성거렸던 남자는 모두 세 명이었다. 그중 한 명일 것이다. 냉장고를 자세히 살펴보니 우그러진 부분이 많이 있었다. 그는 그녀의 멍을 발견한 듯해서 마음이 아팠다.

싱크대의 밑부분은 오랜 세월을 두고 묵은 먼지와 때가 묻어 있었고 합판의 한쪽 귀퉁이에는 습기 때문에 합판의 커들이 부풀어 올라 있었다. 싱크대 옆 벽장 밑에도 구슬이 여러 개 있었다. 부리로 모이를 쪼듯이 구슬을 집은 다음 벽장문을 열어봤다. 상자들이 선반마다 가득차 있었는데 선반의 폭이 좁아서 상자들이 앞으로 쏟아질 듯 위태로워 보였다. 상자들을 꺼내서 열어보진 않았지만 아마 손님을 받으려고 집안에 있던 잡동사니를 담아둔 모양이었다. 모든 상자는 오래전부터 한 번도 쓰지 않은 듯 온통 먼지를 뒤집어쓰고 있었다.

눈에 보이는 구슬을 다 줍고 나니 날이 어둑해지고 있었다. 구슬 때문에 방을 맴도느라 온몸이 뻐근하고 목이 말랐다. 위층에서 화장실을 사용하는지 물소리가 크게 들렸다. 이 방에선 일상의 사소한 움직임이 생생한 소리로 전해졌다. 누군가 퇴근하고 와서 샤워하는 모양이었다. 바지를 걸쳐둔 식탁의자로 걸어가는데 발가락 사이에 낀 구슬이 느껴졌다. 구슬을 떼려고 발을 드는 순간 구슬이 바닥에 떨어져 침대 앞으로 굴러갔다. 화장실 문 옆에 있는 전체조명 스위치를 올렸다. 방안이 환하게 밝아지는 순간 몇 시간을 순식간에 지나버린 듯 창 밖이 새까매졌다. 방안의 모든 사물이 눈을 부릅뜨고 자신을 바라보는 듯했다. 침대 앞에 앉아 손으로 바닥을 쓸어 모았다. 머리카락과 터럭이 쓸려왔고 약간의 먼지가 손바닥에 달라붙었다. 구슬은 다른 데로 굴러간 모양이었다. 다시 손바닥으로 바닥을 쓸다가 손가락이 침대 밑 삼 센티미터 정도의 틈으로 들어가는 순간 구슬이 느껴졌다. 바닥에 머리를 대고 그 틈을 들여다봤다. 밝음과 어둠의 경계에 구슬이 하나 있었고 침대의 끝쪽 그러니까 창문이 있는 벽 쪽에 회색빛 덩어리가 숨어 있었다. 그는 일어나서 그 틈에 손을 집어넣어 침대를 잡아당겼다. 꿈쩍도 안 하던 더블 침대가 체중을 실어 뒤로 자빠지듯 끌어당기자 조금씩 움직였다. 침대를 넘어가서 회색빛의 덩어리를 잡아 올렸다. 해파리처럼 부들부들한 천조각을 집어 올려 먼지를 털어냈다. 그것은 그녀의 것으로 미루어 짐작되는 팬티였다. 그녀의 몸에 가장 밀접하게 달라붙어 있었던 팬티는 살구색이었고 옷과 피부 사이의 틈을 허용하지 않으려는 듯 아주 얇았다. 언젠가 그녀가 쫙 달라붙는 저지소재의 원피스를 입고 출근했을 때 엉덩이를 유심히 관찰한 적이 있었다. 그날 그녀의 엉덩이에는 팬티자국이 전혀 없어서 망측한 상상을 했었다. 그는 팬티의 냄새를 맡아 보았다. 그녀가 선명하게 느껴졌다. 한주먹도 안 되는 팬티의 존재감에 넋을 잃었다. 그는 팬티를 마스크처럼 코에 대고 계속 냄새를 맡았다. 그녀는 그날 밤 침대에서 애무를 받다가 급하게 팬티를 벗어 던졌을 것이다. 다음날 아침 사라진 팬티를 찾으려고 이불을 들춰보지만 찾을 수 없었을 것이다.

그는 밖에 나가 저녁을 먹고 들어와서 옷을 모두 벗고 베개 옆에 누웠다. 베개를 안고 침대의 한가운데 자리 잡았다. 이불을 가슴까지 끌어올리고 양쪽 무릎 사이에 베개를 끼고 허리를 살짝 움직여 보았다. 그러자 침대가 살아있는 동물처럼 꿈틀거렸다. 그녀의 침대는 보기만 해도 저절로 눕고 싶은 충동이 일었다. 이제 그는 그녀와 한 침대를 쓰게 된 것이다. 그녀가 자신을 받아들이는 느낌이었다. 그는 잠을 자며 이를 갈 것이고, 코를 골 것이고, 가위에 눌릴지도 모르고, 슬픈 꿈을 꾸다가 눈물을 흘릴지도 모른다. 그는 그녀의 침대에 누워 온기를 배설할 것이다. 밤새 자신이 발산한 비밀스런 온기는 시트에 스며들 것이다. 침대의 스프링은 그의 뒤척임을 기억할 것이다. 그는 그녀의 침대라면 식물인간처럼 혼수상태로 누워 점점 침대와 한몸이 되어도 상관없을 것 같았다.

히트는 베개를 안고 정말 오랜만에 깊은 잠으로 빠져들었다. 달콤한 꿈을 꿨는데 꿈을 꾸면서 너무 달콤해서 눈을 뜨는 순간 사르르 녹아버릴지도 모른다고 걱정을 했다.

눈을 떴다. 습관처럼 손을 뻗어 머리맡에 있는 생수병을 찾았다. 생수병은 없었다. 미처 챙겨놓지 않고 잠이 든 것이다. 그렇지만 이상하게도 목이 마르지 않았다. 눈을 떴을 때는 그녀의 냄새가 어떻게 느껴지는지 궁금해서 코로 숨을 깊게 들이마셨다. 어제 오후부터 한 번도 창을 열지 않은 이 방에는 자신의 냄새가 손으로 만져질 정도로 켜켜이 달라붙어 있는 느낌이었다. 아침엔 의례 창을 활짝 열고 탁한 공기를 맑은 공기로 바꾸지만, 창을 열면 소중한 것이 빠져나갈 것 같았다.

햇볕이 창을 넘어 방안의 절반까지 들어와 마름모꼴을 그렸다. 그는 조심스럽게 이불을 빠져나와 몸을 조금씩 움직이며 숨을 크게 들이마셨다. 그녀의 방은 적당한 습기를 유지하고 있었다. 그가 사는 곳은 마르고 습기가 없어 욕실에 놓아둔 빨랫비누가 시간이 지나면 고목처럼 갈라지곤 했다. 그런 빨랫비누는 아무 냄새도 없이 으스러지기만 해 걸레 한 장 빠는 데도 무척 애를 먹였다. 그녀의 방은 적당한 습기 때문에 방안의 모든 사물이 생기 있어 보였다. 화장실 불을 켜고 환풍기는 돌리지 않았다. 샤워기 물을 세게 틀고 후끈한 수증기로 가득 차길 기다렸다가 샤워했다.

그가 나가고 난 뒤 그녀가 직접 청소를 한다면 수챗구멍에 낀 머리카락과 터럭을 발견하고 꼼꼼하게 떼어낼 것이다. 비누나 세면대도 꼼꼼히 살피며 그의 흔적을 지울 것이다. 그는 샤워를 하다말고 거울에 서린 수증기를 찬물로 닦아내고 벌거벗은 자신을 감상했다. 요즘 들어 터럭이 무성해졌다. 구레나룻 수염은 물론이고 생식기 주변에 머물던 터럭이 배꼽을 지나 올라오면서 가슴의 터럭과 연결되었다. 겨드랑이의 터럭도 무성해졌다. 몸에서 땀이 제일 많이 나는 곳이 겨드랑이였다. 한번 땀을 흘리면 터럭끼리 달라붙어 수면으로 드러난 수초 같았다. 그는 점점 원시인이 되어가고 있었다. 거울에 수증기가 끼면서 거울 속의 털이 무성한 사내가 희미해졌다.

샤워를 끝낸 그는 거울 앞에서 수건으로 머리카락의 물기를 털어냈다. 물방울이 사방으로 튀면서 머리가 가벼워졌다. 그는 벌거벗은 채로 거울 앞을 떠날 줄 몰랐다. 멍하니 거울을 보며 그녀의 방에서 보낸 시간을 생각했다. 많은 일이 있었던 것처럼 느껴졌다.

그는 가방을 챙기고 천천히 옷을 갈아입었다. 그녀에게 체크아웃 문자메시지를 보내고 여행을 마무리했다. 체크인 때와 마찬가지로 그녀는 나타나지 않을 것이라는 생각이 들었다. 방안을 둘러보다 식탁 위에 놓인 카드를 다시 읽어봤다. 그녀가 손으로 직접 쓴 환영 카드에는 편안한 시간이었다면 긍정적인 후기를 부탁한다고 쓰여 있었다. 그는 추억을 혼자 간직하고자 후기를 쓰지 않기로 했다. 다만 기념으로 카드 위에 오백 원짜리 동전 두 개를 올려놓았다.

히트는 현관문을 열다 말고 방을 돌아봤다. 반쯤 열린 현관문 사이로 바깥공기가 안으로 밀려들어 왔다. 현관문 손잡이를 놓자 문에 달린 도어체크가 문을 끌어당겼다. 들어오던 싸늘한 바깥공기가 서서히 끊어졌다. 따뜻한 실내공기가 흐트러지자 방안에 가라앉아 있던 자신의 냄새가 피어올랐다. 냄새를 확인한 순간 벗은 몸을 남에게 내보인 것처럼 쑥스러웠다. 그는 현관에 서서 부적이 사라진 베개를 바라보았다. 부적은 그녀의 독특한 냄새에 녹아 없어진 것으로 생각했다. 침대의 이불이 주둥이를 벌리고 있었다. 다시 주둥이 속으로 들어가고픈 충동이 일었다. 자신의 냄새가 밴 방이 잡고 놓아주지 않아서 좀처럼 발길이 떨어지지 않았다. 자신이 나가면 그녀가 들어올 것이다. 그녀는 온기가 남아 있는 방에서 자신의 냄새를 맡으며 달려가 창을 열 것이다. 그는 자신의 냄새가 창밖으로 날아가는 동안 그녀가 자신을 떠올려주길 바랐다. 그는 자신의 냄새가 방 안에 오랫동안 머물러 있길 바라면서 문을 열고 현관을 나섰다. 복도를 빠져나오자 계단 창을 통해 들어온 햇빛에 눈이 부셨다.

piece 100(gray) 34cmx34cmx140cm oil on paper 2014

piece 84 364x210cm oil on paper 2014

핑크 몬스터

사람은 통과의례를 거치면서 소중한 것을 버리고 성장한다.
자신이 아끼던 사물을 버리기도 하고 자신을 지배하던 생각에서 벗어나
더 넓고 높은 세상을 바라보게 된다.
어느 화가의 어린 시절을 탐색하면서 어떤 사건과 컬러가 어떻게 연결되어
예술창작의 모티브로 작용하는지 살펴보는 이야기.

핑크 몬스터3 73cmx91cm oil on linen 2017

핑크 몬스터

히트는 여행을 다녀와서 B와 헤어지기로 마음먹었다. B와 마지막 여행이라 생각하니 적잖이 흥분되었다. 그는 객실에 들어서자마자 블라인드를 내리고 그녀를 안았다. 그는 길고 감미로운 동작에 정성을 쏟은 다음 단숨에 그녀 안으로 들어갔다. 그는 그녀가 신음을 크게 내지를 때까지 멈추지 않았다.

히트는 침대에서 일어나서 바닥을 두리번거리며 팬티를 찾았다. 그의 팬티는 창문 아래 떨어져 있었다. 그는 창가로 가서 팬티를 입고 블라인드를 끝까지 올렸다. 산 중턱에 있는 콘도에서는 해변이 한눈에 들어왔다. 모래사장에 누운 사람들의 살가죽이 발갛게 익어가고 있었다. 그는 창문을 열고 하늘을 올려다봤다. 파란 하늘엔 흰

구름이 붓질한 듯 뭉개져 있었다. 그가 뒤를 돌아보며 말했다.

"오늘 하늘이 유난히 파란데. 아주 예쁜 파랑이야."

침대에 누워 있던 B가 축축한 시트를 끌어당기며 돌아누웠다. 햇빛은 투명하고 눈부셨다. 시트의 주름 사이로 그림자가 날카롭게 그려졌다. 그녀가 머리를 들며 말했다.

"하늘이 그렇게 예뻐?"

"어렸을 때 봤던 파란 하늘이야. 그때를 생각하면 똑바로 바라볼 수 없을 정도로 눈부신 파란 하늘이 떠올라. 하늘을 계속 감상하려면 녹색의 풀밭에 눈을 돌렸다가 다시 하늘을 봐야 할 정도였어."

B가 침대에서 일어나 머리를 틀어 올렸다. 그녀는 바닥에 떨어진 그의 티셔츠를 주워입고 화장대 거울을 봤다. 화장이 번졌고 짙은 립스틱엔 균열이 있었다. 한낮의 정사는 많은 에너지를 소모시켰다. 그녀는 가방을 열고 초콜릿을 꺼냈다. 엠엔엠즈 초콜릿이었다. 그녀는 초콜릿을 들고 창가로 가서 그의 어깨에 기댔다. 그의 몸이 자신도 모르게 그녀에게 밀착되었다. 그녀는 엠엔엠즈 초콜릿을 한 알 집어 들었다.

"먹을래?"

"파란색은 무슨 맛일까."

선명한 색상의 엠엔엠즈 초콜릿 껍질이 그를 유혹했다. 그는 초콜릿을 손에 붓고 색상을 골라 입에 넣었다.

"빨강과 남색을 같이 씹으면 포도 향이 입안에 퍼지는 것 같아."

"나는 주황, 노랑, 연두를 한꺼번에 씹는 맛이 좋아."

히트와 B는 서로 혓바닥을 내밀었다. 수줍은 핑크빛 혓바닥이 엠엔엠즈들의 장난으로 로즈핑크로 물들었다. 둘은 초콜릿을 먹으며 하늘을 봤다. 흰 구름은 사라지고 아무것도 섞이지 않은 청색이 펼쳐졌다. 하늘이 바다 같고 바다가 하늘 같았다. 하늘에서 넘실대던 파란물이 금방이라도 터질 것 같이 점점 부풀어 올랐다. 나무들은 아주 연한 녹색으로 얼룩져 있었다. 둘은 마지막 남은 밤색 엠엔엠즈 초콜릿을 먹고 입맛을 다셨다. 그는 창밖으로 숨을 길게 내뱉었다. 진한 밤색의 초콜릿 향기가 바람을 타고 나무에 스며들자, 아주 어두운 녹색으로 변하는 것 같았다. 에너지를 충전한 둘은 다시 침대에 누웠다. 그녀는 누워서 엉덩이를 올리고 그는 베개를 엉덩이 아래로 밀어 넣었다. 햇살을 받은 그와 그녀의 몸은 우윳빛이었고 둘은 밀가루 반죽처럼 한덩어리가 되었다.

또 한 번의 정사를 끝낸 그는 창가에 앉아 파란 하늘을 바라보았다. 샤워하고 나온 그녀는 수건으로 머리를 감싸고 그에게 다가와서 입을 맞췄다. 화장이 지워진 그녀의 입술은 창백하고 부드러웠다. 그녀가 그의 허리를 감싸면서 말했다.

"하늘이 나보다 예뻐?"

"하늘을 보면 어린 시절의 파랑이 떠올라."

"파랑에 대한 추억?"

"파랑과 핑크에 대한 추억이지."

"얘기해줘 너의 어린 파랑에 대해서."

"개미 마을에서 사춘기를 보냈어. 어느 날 환경 벽화를 그리는 화가들이 개미 마을에 와서 담벼락과 축대에 하얀 뭉게구름이 끝없이 피어오르는 새파란 하늘을 그렸어. 벽화가 그려지면서 개미 마을은 환해지기 시작했어. 해가 질 때 벽화의 파란 하늘은 눈이 시릴 정도로 아름다웠어."

히트는 밥을 입속에 구겨 넣고 방울토마토를 챙겼다. 자주도 식판을 배식 운반차에 반납하기 전에 샐러드로 나온 방울토마토를 챙겼다. 자주의 바지 주머니에 아이들이 먹다 남긴 방울토마토가 가득 찼다. 둘은 5층 과학실험실이 있는 복도로 올라갔다. 복도 벽엔 하얀 얼룩이 가득했다. 학교에서 낙서를 지우려고 하얀 페인트를 칠했기 때문이었다. 그 벽에 뚱뚱한 앵무새를 닮은 교감을 그려 넣은 것은 히트였다. 그러자 어느 놈이 그 위에 매직펜으로 배꼽을 그리고 또 어떤 놈은 다리 사이에 남자 성기를 그려 넣었다. 그렇게 앵무새 교감이 점점 재밌게 변신하고 있었는데 아쉬웠다.

자주와 히트는 방울토마토를 들고 5층 복도를 걸어가면서 과학실험실에 선생이 있는지 살폈다. 5층엔 아무도 없었다. 옥상으로 향하는 계단 옆에 미술용 4B연필로 둥근 과녁을 그렸다. 히트가 먼저 투구자세로 방울토마토를 힘껏 던졌다. 아쉽게 스트라이크 존을 벗어난 방울토마토가 터지면서 벽을 타고 흘러내렸다. 과녁이 붉은 눈물을 흘리는 얼굴처럼 변했다. 히트는 담임이나 교감의 얼굴을 과녁에 그려야겠다고 마음먹었다.

담임은 허리가 굵고 다리가 가늘어서 별명이 개구리였다. 개구리는 환경미화 때 아이들과 함께 교실의 낙서를 말끔히 지웠다. 개구리는 종례 때 큰 소리로 경고하면서 입을 계속 오므렸다. 개구리가 큰소리칠 때면 치아교정기가 틀니처럼 교탁으로 떨어질 것 같았다.

"앞으로 낙서하는 놈은…… 반드시 잡아낼 꼬야."

히트는 개구리의 말투를 따라 했다.

"이번엔 입을 꿰맨 개구리를 그리고 말꼬야."

개구리는 짧은 치마에 앞치마를 두르고 낙서를 지웠다. 개구리는 고무장갑을 끼고 세제를 풀어 수세미로 벽을 문질렀다. 치아교정기를 한 개구리 그림이 말끔하게 지워졌을 때 개구리는 입을 오므리며 히트를 노려봤다. 키스를 잘하고 싶어서 치아를 교정한다고 써놓은 낙서의 범인이 누군지 안다는 표정이었다.

그는 뭐든 하지 말라면 더 하고 싶었다. 낙서가 없는 청결한 교실에서는 공부에 집중할 수 없었다. 낙서하면 스트레스가 해소되고 심리적으로 안정되었다. 중학교에 와서 낙서를 반복하는 동안 습관이 되어버렸다. 아무 데나 무의식적으로 생각나는 것을 적었다. 아무 생각 없이 거리낌없이 휘갈기며 해방감을 느꼈다.

자주는 스트라이크를 3개나 던졌고 그는 계속 볼이었다. 자주는 자기가 이겼다며 히트에게 원하는 것을 말했다. 그가 아끼는 장난감 트럭 핑크 몬스터를 또다시 조종해 보고 싶다는 것이었다. 하지만 그는 핑크 몬스터는 자신의 분신이기에 안 된다고 딱 잘라 말했다.

히트가 핑크 몬스터를 산 지 얼마 지나지 않았을 때였다. 자주가 하도 졸라서 무선 조종기를 잠깐 맡기고 이모가 시킨 심부름을 다녀왔다. 자주는 놀이터 모래밭에 구덩이를 파고 핑크 몬스터를 빠뜨려 놓고 계속 바퀴를 굴리고 있었다. 핑크 몬스터는 모래를 뒤집어쓰며 구덩이에서 빠져나오려고 안간힘을 쓰고 있었다. 모터 소리가 비명처럼 들렸다. 히트가 달려갔을 때 자주는 핑크 몬스터를 번쩍 들어 보였다. 핑크 몬스터가 입을 벌리고 바보처럼 웃고 있었다. 자세히 보니 핑크 몬스터의 보닛에 입술 모양의 빨간 색종이가 붙어 있었다. 그는 순간 누르기 어려운 분노에 휩싸였다. 자주는 핑크색을 고른 그를 놀린 것이다. 그는 핑크가 좋아서 산 건 아니었다. 너무 갖고 싶은 모델이었는데 핑크라 고민이 되었다. 그가 망설이자 장난감 가게 아저씨가 할인해주겠다고 해서 덥석 산 것이다. 처음엔 핑크 자동차가 어색했지만, 정이 들자 특이한 색상이라 더 좋아졌다. 그는 달려가서 핑크 몬스터를 빼앗고 자주를 발로 걷어찼다. 그는 핑크 몬스터를 안고 뒤도 돌아보지 않고 집으로 왔다. 모래를 털어내고 빨간 색종이를 떼어내면서 다시는, 아무에게도 핑크 몬스터를 맡기지 않겠다고 다짐했다.

스트라이크를 3개나 던져 승자가 된 자주는 핑크 몬스터를 가지고 놀고 싶다고 했다. 그가 그것만은 안 된다고 하자 핑크 몬스터 대신 서서 카페에서 생과일주스를 사달라고 했다. 남은 용돈이 다 날아갈 판이었지만 어쩔 수 없었다. 자주가 바닥에 굴러다니는 방울토마토를 주워 모으고 있을 때 수박 패거리가 나타났다. 학교의 넘버투 수박은 오른쪽 겉눈썹에 칼자국 같은 흉터가 있어 인상이 제법 험악했다. 거기다가 처진 어깨 때문에 멀리서 보면 고릴라 같았다. 수박의 오른팔 진달래는 목소리가 커서 수박의 스피커 역할을 했다. 수박이 고개를 돌려 눈짓하자 진달래가 자주에게 말했다.

"야, 방울토마토 다 내놔."

자주가 머뭇거리자 수박의 왼팔 카민이 주먹을 쳐들며 천천히 자주에게 다가갔다. 자주는 방울토마토를 두말없이 건넸다. 카민은 한 손으로 방울토마토 5개를 받아 쥐고 한 손으로 자주의 목을 잡았다. 자주는 저항할 틈도 없이 덩치가 큰 카민에게 끌려갔다. 수박이 방울토마토를 받아 쥐며 말했다.

"울 할매가 먹는 거 갖고 장난치면 안 된다고 했어."

수박이 방울토마토를 만지작거리는 동안 모두 긴장해서 수박의 눈치만 살폈다. 수박이 바닥에 찌그러져 있던 우유 팩을 향해 방울토마토를 던졌다. 방울토마토는 찌그러진 우유 팩을 맞추지 못하고 옆으로 굴러갔다.

한바탕 웃음소리기 복도에 울렸다. 히트는 웃지 않았는데 수박은 히트를 노려봤다.

"저 새끼 벽에 세우고 우유 팩 머리에 올려."

진달래가 히트를 잡아끌어 과녁 앞에 세우고 우유 팩을 펴서 히트의 머리에 올렸다. 수박은 다섯 걸음을 걸어간 다음 뒤돌았다. 수박이 카민에게 자주를 끌고 오라고 했다.

"먹는 거 갖고 장난치는 놈은 맞아도 싸지. 하지만 네가 우유 팩을 맞추면 살려준다. 다섯 번 안에 맞추지 못하면 둘 다 죽음이야."

자주가 방울토마토를 받아 쥐고 나를 노려봤다. 수박이 화를 내는 이유는 히트가 해준 작문 숙제 때문이었다. 처음에 몇 대 맞더라도 숙제를 대신 해주지 말았어야 했다. 작문 숙제는 독후감이었는데 죽어도 하기 싫었다. 그는 인터넷에서 서평을 복사해서 그대로 옮겨 적었다. 그런데 담임이 수박에게 앞에 나와서 독후감을 읽으라고 한 것이다. 수박은 비평가의 서평을 읽고 무슨 뜻인 줄 몰랐다. 당연히 수업이 끝날 때까지 무릎을 꿇고 손을 들고 있어야 했다. 카민이 자주의 엉덩이를 걷어찼다. 그는 자신을 노려보는 자주에게 소리쳤다.

"아까처럼 한 방에 끝내."

자주가 머리 위로 팔을 돌리더니 투구 자세를 취했다. 그는 입을 악다물고 눈을 감았다. 첫 번째는 볼이었다. 방울토마토가 벽에 터지면서 그의 뒤통수에 파편이 튀었다. 두 번째 방울토마토는 귓불을 스쳤다. 세 번째 방울토마토가 그의 이마를 정통으로 때렸다. 수박 패거리가 배꼽을 잡고 웃었다. 방울토마토즙이 눈물처럼 볼을 타고 흘러내렸다. 그는 주저앉아 바닥에 떨어진 우유 팩을 손으로 구겼다. 손아귀에 힘이 들어갔다. 수박이 웃으면서 자주에게 말했다.

"이 새끼 제법인데, 일부러 이마를 맞췄지?"

자주가 소리쳤다.

"아니야."

히트는 아닌 척하는 자주의 표정을 보자 갑자기 돌에 맞은 것처럼 이마가 아팠다. 점심시간이 끝났다는 예비종이 울렸다. 수박 패거리가 계단을 내려가면서 남은 방울토마토를 하얀 벽을 향해 던졌다. 방울토마토가 터지면서 벽에 피가 흘러내리는 것 같았다. 수박 패거리는 몇 년 전 집에 돌을 던졌던 놈들과 똑같았다. 밤이 되면 검은 옷을 입은 사람들이 집에 돌을 던졌다. 밤마다 돌이 날아오면서 유리창은 남아나지 않았다.

히트는 수업이 끝나고 약속대로 자주와 사거리 너머에 있는 서서 카페에 갔다. 서서 카페 라벤더 누나는 손바닥만 한 가게에서 온종일 서서 일했다. 서서 카페에는 테이블도 없고 의자도 없었지만 생과일주스에 들어가는 과일 인심만큼은 넉넉했다. 그가 가면 예쁜 라벤더 누나가 주스 값을 깎아줬다. 자주는 라벤더 누나가 가슴이 크고 날씬해 보이지만, 종아리가 엄청나게 굵다고 했다. 그가 아니라고 그럴 리 없다고 하자 자주가 내기를 걸어왔다. 이번에는 빵 사기 내기였다. 자주의 말대로 라벤더의 종아리가 굵으면 그가 빵을 사고 종아리가 날씬하면 자주가 빵을 사기로 했다.

서서 카페 라벤더 누나는 하늘색 머리띠를 하고 있었다. 그의 눈에는 염색해서 푸석푸석하게 뻗친 머리카락도 개성 있어 보였다. 둘은 창구에서 키위 셰이크를 주문하고 라벤더 누나의 종아리를 보려고 까치발을 했다. 라벤더 누나는 키위 껍질을 벗기다 말고 커피 주문을 받고 다시 뒤돌아 셰이크를 만들었다. 둘은 라벤더 누나의 굵은 허벅지와 알이 배긴 종아리를 목격했다. 그동안 라벤더 누나의 튼튼한 다리는 선반에 가려 있어 몰랐다. 자주가 손가락으로 V자를 그리며 미소를 지었다. 히트는 순간 울컥하는 마음에 자주의 배를 발로 걷어차고 말았다.

"웃지 마, 날 뜯어먹는 게 그렇게 좋아?"

자주는 얼굴이 하얗게 질린 채 바닥에 주저앉으면서 말했다.

"미친 새끼."

그는 땅을 짚고 올려다보는 자주를 발로 밀어버렸다. 자주는 그 대로 뒤로 나자빠졌다. 그는 돈을 내지 않고 키위 셰이크 한 잔을 단숨에 비웠다.

"자주야, 잘 먹었다."

자주의 목소리가 뒤에서 날아왔다.

"너, 죽어버릴 거야."

히트는 집으로 걸어가면서 서서 카페 라벤더 누나와 이모를 비교했다. 이모는 식당에서 온종일 서서 일했다. 이모는 집에 오면 방바닥에 누워 천장을 멍하니 바라보며 다리를 벽에 기댔다. 이모의 종아리에는 야구공만 한 알이 배어 있었다. 단단해진 야구공은 이모가 아무리 로션을 바르고 마사지를 해도 잘 풀리지 않았다.

히트는 사거리를 지나 아파트 단지의 울타리를 따라 걸었다. 집으로 걸어가는 길이 멀게 느껴졌다. 아파트 단지 정문을 통과해 가로질러 갈 수도 있었지만, 항상 멀리 돌아갔다. 그가 살던 동네가 철거되고 들어선 아파트 단지는 혼자 떨어져서 존재하는 도시의 섬 같았다.

도시의 섬에 사는 자주는 공부를 잘했다. 학교에 가면 좋은 아파트, 그냥 아파트, 그리고 나머지로 나뉘었다. 히트가 초등학교 4학년 때까지 그곳에 아파트는 없었고 골목이 거미줄처럼 얽혀 있는 주택가였다. 아이들과 골목을 따라 뛰어다니며 숨바꼭질을 했다. 그때만 해도 친구도 많고 동네 전체가 마음껏 뛰어놀 수 있는 놀이터였다. 동네가 재개발되면서 아이들의 놀이터는 사라졌다.

철거가 본격적으로 시작되기 전까지 히트는 아이들과 쓰레기가 가득한 빈집을 돌아다니며 전쟁놀이를 했다. 돌을 계속 던지면 금이 가 있던 담벼락이 폭격을 맞은 것처럼 허물어지기도 했다. 해가 지기 시작하면 폭격을 멈추고 철수해야 했다. 강력한 점령군이 진격해왔기 때문이었다. 전쟁터에 어둠이 찾아오면 다른 무리의 아이들이 빈집을 접수했고 새벽이 오면 또 다른 무리의 아이들이 빈집을 접수했다. 아이들은 빈집에서 불을 피웠다. 시커멓게 타버린 모닥불 주위로 발견되는 것은 주로 술병과 과자 봉지와 담배꽁초였다. 간혹 검정 비닐봉투 안에 말라붙은 누런 본드도 발견됐다. 얼마 지나지 않아 들어가서 놀 만한 빈집은 사라졌다. 쓰레기는 점점 늘어났고 악취는 심해졌다. 말라비틀어진 고양이시체가 발견되었고 불에 그슬린 채로 기둥에 묶여 죽은 발바리가 목격되었다. 그것은 검은 옷을 입은 사람들이 동네 사람들에게 보내는 메시지였다.

히트는 집을 향해 걸었다. 아파트 단지를 지나 길을 건너자 비탈길이 시작되었다. 사람들은 히트가 사는 동네를 개미 마을이라고 불렀다. 사람들이 개미처럼 비탈길을 걸어 다닌다고 개미 마을이었다. 건너편 아파트 단지에 가려지는 동네라서 그런지 골목에 들어서면 항상 그늘이 짙었다. 골목을 올라가는데 낡은 다세대 건물과 계단에 그려진 녹색의 풀밭이 눈에 들어왔다. 동네에 화가들이 몰려와서 건물에 벽화를 그렸다. 그는 어느 화가가 벽화를 그릴 때 옆에서 지켜보면서 화가에게 색을 섞는 방법과 칠하는 방법을 쉬지 않고 물었다. 화가는 온종일 땡볕 아래서 전날 그려놓은 밑그림을 따라 색칠하다가 그에게 붓을 건넸다. 파란색으로 바탕색을 깨끗하게만 칠해보라고 했다. 낙서만 했지 그림을 제대로 그려본 적이 없는 그는 손이 떨렸지만, 바탕색을 정성껏 칠했다. 화가는 그가 칠한 파란색 바탕 위에 뭉게구름을 그렸다. 그는 파란 하늘에 구름이 생기는 광경을 보면서 자신도 그림을 잘 그리고 싶다는 생각이 들었다.

그는 서울에 올라와 이모와 살기 전 여수에서 미술학원에 다닌 적이 있었다. 아버지의 아연공장이 잘 돌아가던 시절이었다. 미술학원에서 첫 번째로 완성한 그림은 수채화였다. 무너진 벽에 드러난 철근이 엿가락처럼 휘어진 장면이었다. 미술학원 강사는 어린놈이 이상한 그림을 그린다며 그림을 구겨서 난로에 집어넣었다. 그는 오기가 생겨 그림을 잘 그리고 싶었다. 어두운 풍경을 그리지 말라는 강사의 충고를 받아들여 나무와 하늘을 집중적으로 그렸다.

화가들은 개미 마을을 위해 주말마다 건물 벽과 축대에 풀과 꽃과 나비를 그렸다. 그는 화가들을 따라다니며 마음속에 그림을 그렸다. 벽화 때문에 겨울밤처럼 음산한 마을에 봄이 온 것 같았다. 그는 벽화를 보고 있으면 몸이 날아갈 것처럼 가벼워졌다.

축대에 새로 그려진 벽화는 하얀 뭉게구름이 끊임없이 피어오르는 새파란 하늘이었다. 해가 질 때 벽화의 하늘은 더 눈부시게 파랬다. 그때 건물 틈에서 수박 패거리가 벌레처럼 꿈틀거리며 축대 밑으로 기어 나오더니 벽화에다 오줌을 싸기 시작했다. 마치 벌레의 촉수가 꾸물거리며 축대를 더듬는 것 같았다. 그는 놈들이 자신의 몸에 오줌을 싸는듯한 기분이 들었다. 수박과 같은 동네에 산다는 사실이 창피하고 싫었다. 수박은 비싼 짝퉁을 입어도 촌스러웠다. 그래서 싸움을 잘해도 넘버원이 될 수 없었다. 수박은 기를 쓰고 오줌을 싸는 것 같았다. 부하 두 명의 촉수는 하늘 높이 올라간 수박의 촉수를 따라잡지 못했다.

그는 뒤꿈치를 들고 축대가 끝나는 모퉁이로 달렸다. 그곳에서 샛길로 향하는 계단으로 뛰어올라 대문을 등지고 바짝 기대어 숨었다. 세 놈이 나란히 서서 싼 오줌은 축대 밑에서 합류하여 무서운 속도로 골목길을 따라 흘러내렸다. 발밑에 있던 돌멩이를 주워서 손에 꽉 쥐었다. 그동안 학교에서 수박한테 당한 일들이 떠올랐다. 손이 부들부들 떨리고 심장이 쿵쾅거렸지만, 몸이 석고 반죽처럼 굳어서 꼼짝할 수 없었다. 오줌을 다 싼 수박이 두 손을 호주머니에 찌른 채 침 방울을 날리며 골목길을 내려갔고 나머지 두 놈이 뒤따라 내려갔다.

대문 위에 달린 가로등이 켜졌다. 그는 놈들이 안 보일 때까지 가로등 밑에 쪼그리고 앉아 자신의 그림자를 바라봤다. 그는 수박 패거리가 사라지고 나서 축대로 갔다. 파란 하늘에 그려진 오줌 자국을 바라보다가 주위를 둘러보았다. 고양이 한 마리가 쓰레기봉투 사이에서 머리를 삐죽이 내밀더니 나무를 타고 올라 담장 너머로 사라졌다. 그는 축대 앞으로 다가가서 파란 하늘에 새겨진 놈들의 오줌이 말라버리기 전에 오줌을 쌌다. 수박보다 더 멀리 촉수를 뻗으려고 뒤꿈치를 들고 용을 썼지만, 오줌발은 이내 힘을 잃고 운동화 위로 흘러내렸다. 그는 더러운 오줌을 자신의 오줌으로 씻어내면서 눈물을 흘렸다. 그는 개미 마을에서 수박 패거리를 쫓아내고 싶었지만 언제나 쫓겨나는 쪽이었다.

그가 서울에 왔을 때 이모의 낡은 아파트는 빨간 쇠기둥에 갇혀 있었다. 시범아파트 사람들은 동네를 떠나지 못했다. 머리에 빨간 띠를 두르고 끝까지 남아 있었다. 아파트 사람들은 밤마다 나뭇조각을 모아다가 불을 피우고 둘러앉아 회의했다. 해가 뜨면 굴착기들이 빈집으로 달려들었다. 건물이 무너지는 소리에 아파트가 흔들렸다. 부연 먼지가 안개처럼 에워쌌다. 한쪽에선 동네를 빙 돌아가며 회색 철판으로 담장을 치기 시작했다. 동네가 회색 철판으로 가려지는 데는 며칠 걸리지도 않았다. 공사하는 사람들은 시범아파트 사람들을 위해 회색 철판 담장에 개구멍을 내주었다. 사람들은 머리를 숙이고 개구멍으로 드나들었다.

철거공사가 시작되자 밖에 나갈 수 없었다. 그냥 온종일 창밖으로 공사 현장을 내려다보는 것이 유일한 낙이었다. 굴착기는 괴물처럼 전진하면서 닥치는 대로 부수고 뜯어냈다. 덤프트럭들은 줄지어 서서 기다리다가 굴착기를 향해 꽁무니를 들이댔다. 그는 창문을 열고 굴착기에 대고 거울로 반사한 태양광선을 쏘았다. 그때였다. 굴착기의 굉음 사이로 특이한 엔진 소리가 들렸다. 굴착기가 뜯어낸 콘크리트 더미를 가득 싣고 힘차게 움직이는 덤프트럭이었다. 그는 창을 열고 고개를 내밀었다. 그놈은 차체가 굴착기보다 훨씬 높아 보였고 더 튼튼해 보였다. 그는 모양이 특이한 덤프트럭을 가까이서 보려고 아파트를 뛰어 내려갔다. 개구멍을 통과하여 덤프트럭이 지나가는 골목길에서 숨을 헐떡이며 놈을 기다렸다. 잠시 후 콘크리트 더미를 가득 싣고 달려오는 트럭을 정면에서 바라볼 수 있었다.

선글라스를 낀 운전사가 그를 발견하고 경적을 울렸다. 그 소리는 기차의 경적만큼이나 우렁차고 길었다. 그때 덤프트럭의 중앙에 박혀 있는 마크가 선명하게 들어왔다. 원을 삼등분한 메르세데스 벤츠의 마크였다. 벤츠는 승용차만 만드는 줄 알았는데 아니었다. 벤츠의 마크에 반사된 햇살이 회색 먼지를 갈랐다. 벤츠는 땅을 뒤흔들며 그의 앞을 지나갔다. 그는 회색 먼지에 휩싸인 채 벤츠가 눈앞에서 사라질 때까지 가만히 서 있었다. 저렇게 멋있는 덤프트럭이 왜 하필 우리 동네를 파괴하는 괴물이 되었을까, 그래도 벤츠는 역시 멋있다는 생각을 떨쳐버릴 수 없었다.

히트는 이 년 동안 용돈을 아껴 돈을 모았는데 핑크 몬스터를 장만하느라 절반을 써버렸다. 핑크 몬스터의 보닛과 트렁크에는 벤츠 엠블럼을 만들어 붙였다. 핑크 몬스터는 벤츠라서 힘이 넘쳤다. 개미 마을에 오기 전 그의 꿈은 벤츠 트럭을 모는 기사가 꿈이었지만 개미 마을에 벽화가 그려지고 나서는 화가가 되는 게 꿈이었다.

자정이 넘어서 들어온 이모에게서 술 냄새가 났다. 이모는 어둠 속에서 방바닥에 누워 있는 그를 잠시 바라보더니 천천히 다가왔다. 그는 자신도 모르게 돌아누우며 이불을 끌어당겼다. 이모는 팔을 뻗어 두 손으로 그의 머리를 껴안았다. 어둠 속에서도 이모의 눈이 촉촉하게 젖어 있는 것을 알 수 있었다. 이모의 머리칼엔 숯불 냄새와 끈끈한 고기 양념 냄새가 배어 있었다. 이모가 그의 등을 토닥이면서 말했다.

"어떡하니. 또 이삿짐을 싸야 해."

그는 악몽이 떠올랐다. 또 누군가 동네에 문제를 내고 누군가 O 아니면 X로 답안을 작성하는 악몽. 갑자기 몸이 마비되는 듯한 느낌이 들었다.

"이제 더는 올라갈 데가 없어."

이모는 방바닥에 누워 벽에 다리를 기댔다.

"이젠 그냥 확 떨어져 죽어야 하나 봐."

벽에 기댄 이모의 다리는 무거운 야구공을 들고 벌을 받는 것 같았다. 백까지 다 세기도 전에 이모의 숨소리가 커졌다. 그는 살며시 일어나 이모의 다리를 잡아당겨 옆으로 누이고 이불을 덮어주었다.

히트는 열두 살 때 빨간 쇠기둥에 갇힌 시범아파트에서 나올 수밖에 없었다. 검은 옷을 입은 사람들은 대문에 빨간 스프레이로 표시한 O자 위에 X자를 크게 그렸다. 이모와 그는 사거리를 지나 개미마을로 향했다. 골목은 점점 비탈길로 이어졌다. 이모의 다리가 휘청거렸다. 그는 트렁크를 뒤에서 밀었다. 이모는 계속 땀을 흘리며 중심을 잡지 못했다. 그는 이모의 트렁크를 잡고 앞장섰다. 골목길을 지나면서 신기했던 것은 작은 텃밭이었다. 이곳 사람들은 골목이든 집안이든 손바닥만 한 땅이라도 있으면 어김없이 텃밭을 가꿨다. 나뭇가지를 꽂고 노끈으로 울타리를 만들어 상추를 심고 파를 심었다. 또 특이했던 것은 집집이 빨래가 가득 널려 있다는 것이었다. 그것은 작은 집에 식구가 아주 많다는 증거였다.

아침 햇살이 희미하게 번졌다. 희미하고 축축한 햇살이었다. 햇살이 환해졌다가 시들었다가 다시 환해질 동안 이모는 몸을 뒤척이다 잠에서 깨어났다. 잠시 후 이모는 거울 앞으로 가 햇살에 도드라진 얼굴을 살폈다. 그는 퉁퉁 부은 베이지 얼굴이 보기 싫었다.

히트는 창가에서 이모가 사거리 쪽으로 내려가는 모습을 바라보앉다. 이모는 퉁퉁 부은 얼굴이 무거운 듯 휘청거리며 걸었다. 이모가 사라지자 그는 대문 옆에 지은 차고로 갔다. 망가진 우산 여러 개를 분해해서 지은 핑크 몬스터의 전용 차고였다. 개집 크기의 차고지만 직사광선과 비바람으로부터 핑크 몬스터를 안전하게 보호하기 위해 튼튼하게 지었다. 차고 문을 열고 핑크 몬스터를 정비했다. 축전지를 점검하고 왁스를 발라 차체를 반질반질하게 닦았다. 핑크 몬스터는 직접 탈 수는 없지만, 눈길에도 끄떡없는 사륜구동 트럭이었다. 울퉁불퉁한 동네 골목길과 사거리 너머 시원하게 뻗은 아파트 단지 도로에서도 거침없이 달릴 수 있었다. 심지어 범퍼에 부착한 발광다이오드 라이트를 켜면 밤에도 달릴 수 있었다. 무선조종기로 핑크 몬스터를 앞장세워 동네 정상을 향해 달렸다.

토요일이지만 골목이 조용했다. 개미 마을에 토요일이라고 쉬는 어른은 없었다. 허리가 구부러진 할머니가 부서진 유모차에 폐지를 싣고 내려오다가 멈춰 서서 핑크 몬스터를 신기하게 바라봤다. 신나게 핑크 몬스터를 몰고 골목을 달렸다. 모퉁이를 돌자 축대에 그려진 파란 하늘의 절반이 펼쳐졌다. 무선조종기로 핑크 몬스터를 가속했다. 하얀 뭉게구름이 끊임없이 피어오르는 새파란 하늘을 향해 핑크 몬스터가 먼지를 날리며 달렸다. 파란 하늘이 골목 가득 펼쳐졌을 때 듣고 싶지 않은 소리가 들렸다. 수박 패거리가 모여서 시시덕거리는 웃음소리였다. 놈들은 파란 하늘에 붉은 스프레이로 과녁을 그려놓고 진흙을 둥글게 말아 공처럼 던지고 있었다. 놈들이 그의 몸에 붉은 스프레이를 뿌린 느낌이었다. 파란 하늘에 진흙이 척척 달라붙었다. 그는 뭉게구름이 떠다니는 하늘이 망가져 가는 모습에 자신도 모르게 주먹에 힘이 들어갔다. 그런데 패거리는 네 명이었다. 자주가 수박 앞에 머리를 숙이고 있었다.

수박이 자주의 머리를 쥐어박다가 핑크 몬스터를 발견했다. 수박은 입에 물고 있던 담배를 바닥에 내던지고 발로 비벼 껐다. 놈들은 나이키 운동화를 신고 있었다. 수박은 노란색이고 부하 두 명은 빨간색 운동화였다. 바닥엔 뭉개진 담배꽁초가 널려 있었고 나이키 운동화 상자 세 개가 찌그러져 있었다. 자주가 주먹을 쥐며 그를 노려보았다. 자주의 배를 걷어찼던 일이 떠올랐다. 자주가 놈들에게 운동화를 하나씩 갖다 바치고 복수를 의뢰한 것 같았다.

히트는 무선조종기로 핑크 몬스터를 정지시켰다. 핑크 몬스터가 먼지를 일으키며 멈춰 섰을 때 놈들이 핑크 몬스터를 노려봤다. 그는 핑크 몬스터를 유턴시키려고 방향을 급하게 틀었다. 방향을 바꿀 때 속력을 낸 게 문제였다. 핑크 몬스터의 앞바퀴가 돌을 차고 넘으면서 기우뚱하더니 뒤집히고 말았다. 핑크 몬스터의 네 바퀴가 허공에서 돌았다.

"우와, 몬스터 트럭이다."

그가 먼저 핑크 몬스터를 향해 달렸고 놈들이 뒤따라 달려들었다.

핑크 몬스터를 놈들에게 뺏기는 건 죽기보다 싫었다. 그는 핑크 몬스터 앞에서 돌에 걸려 넘어졌다. 무릎이 까진 줄도 모르고 얼른 기어가서 핑크 몬스터를 감싸 안았다. 놈들이 그의 주위를 둘러쌌다.

"새끼야. 한 번만 조종해보자."

"웃기지 마."

"이 새끼, 말로 해선 안 되겠네."

놈들은 그에게서 몇 걸음 떨어지더니 진흙을 던졌다. 진흙이 몸에 부딪혀 터지는 소리가 골목에 울렸다. 놈들은 진흙이 다 떨어지자 길에서 작은 돌멩이를 주워왔다. 수박이 자주에게 돌멩이를 모아주면서 말했다.

"너 혼자 다 던져."

자주는 잠시 머뭇거리다가 돌멩이를 던지기 시작했다. 그는 몸을 더 웅크려서 핑크 몬스터를 감싸 안으면서 소리쳤다.

"야 이 개새끼야."

작은 돌멩이가 점점 큰 돌멩이로 변했다. 자주가 돌멩이를 계속 던지면서 말했다.

"트럭 내놔. 맞아 죽기 전에."

"개새끼."

돌이 계속 날아왔다. 살을 파고드는 통증이 온몸에 퍼졌다. 울음이 터져 나올 것 같았다. 울지 않으려고 짐승처럼 울부짖으며 욕을 했다. 놈들은 욕을 따라 하며 깔깔거리다가 돌멩이가 다 떨어지자 그를 둘러쌌다. 그는 핑크 몬스터를 꽉 안으면서 울음을 참으려고 몸부림치다가 서서히 일어섰다. 자주에게 핑크 몬스터를 내밀었다. 자주가 손을 내밀어 핑크 몬스터를 받으려 할 때 수박이 말했다.

"내가 먼저야."

수박이 웃으면서 손을 뻗었다. 그는 핑크 몬스터를 건네주는 척하다가 옆에 있던 수박의 오른팔 진달래를 들이받았다. 그러고는 핑크 몬스터를 내려놓고 전속력으로 몰았다. 수박이 쓰러진 진달래를 넘다가 다리에 걸려 꼬꾸라졌다.

"잡아. 저 새끼 놓치면 전부 죽는다."

자주와 카민이 그를 따라왔다. 핑크 몬스터는 힘차게 달렸다. 전력을 다해 달렸지만 오르막길이었다. 달릴수록 골목길의 경사가 높아졌다. 개미 마을의 정상은 바로 절벽이었다. 철망으로 된 펜스 아래엔 빌딩 숲이 펼쳐져 있었다. 그와 핑크 몬스터는 절벽에서 뛰어내리든지 아니면 항복을 하는 수밖에 없었다.

"가까이 오지 마. 가까이 오면 떨어뜨릴 거야."

자주와 카민이 숨을 헐떡거리며 그 자리에 주저앉았고 뒤에서 수박과 진달래가 천천히 다가왔다. 수박이 그에게 돌을 던지며 말했다.

"바보. 그게 네 것이지 내 거냐."

그는 무선 조종기를 쥐고 절벽 아래를 내려다봤다. 그때 빨간 쇠기둥에 갇힌 시범 아파트 옥상 난간에 올라 하늘만 바라보던 사람들이 떠올랐다. 그는 천천히 뒤로 돌았다. 그만 빼고 모두 나이키 운동화였다. 검은 바지를 입은 수박이 바닥에 주저앉아 노란 운동화 끈을 다시 묶으며 말했다.

"다섯 셀 때까지 안 내놓으면 넌 진짜 죽는다."

그날 옆집 아저씨는 아무 말 없이 옥상 난간에 서서 하늘만 바라보다가 허공에 발을 디뎠다. 아저씨가 왜 그랬는지 알 것 같았다. 수박이 다섯을 세자 나머지 놈들이 돌을 던지면서 한 발씩 거리를 좁혀왔다. 그는 눈을 감고 무선조종기의 전진 버튼을 눌렀다. 핑크 몬스터가 구멍 뚫린 철망을 빠져나가 날개를 펴고 뭉게구름이 끊임없이 피어오르는 파란 하늘로 힘차게 날아오르는 장면을 그려보았다. 잠시 후 핑크 몬스터의 비명이 짧게 들렸다. 수박이 달려와서 그를 걷어찼다.

"이 새끼가 맞으려고 작정을 했어."

그는 철망을 움켜쥐었다. 저 아래 바위틈에 박힌 핑크 몬스터의 잔해를 바라보았다. 날아온 돌이 철망기둥을 때렸다. 그는 철망이 울리는 소리에 뒤를 돌아보지 못하고 몸을 웅크렸다.

"제대로 못 맞춰!"

수박이 자주를 걷어차는 소리가 들렸다. 자주가 돌을 던졌다. 이번에도 돌이 철망 기둥을 맞고 튕겨 나갔다.

"이 새끼 장난 하냐."

수박이 그에게 발길질해댔다. 그는 수박이 지칠 때까지 철망을 꽉 잡고 놓지 않았다.

"가서 주워와 이 새끼야."

그는 손의 힘이 빠지면서 점점 쪼그라들 듯이 주저앉았다.

이야기를 마친 히트는 담배연기를 길게 내뿜으면서 물을 마셨다. 담배연기가 차가운 유리잔 안을 맴돌았다.

"나에게 핑크는 분노의 색이자 에너지를 주는 색이야."

B가 화장대에 앉으면서 말했다.

"너는 절벽에서 핑크 몬스터를 던져 버리면서 성장한 거야. 사람은 가장 소중한 것을 버리는 순간 통과의례를 거치거든."

"우리 파도 타러 갈까?"

"먼저 밥부터 먹자."

거울 앞에 앉은 그녀가 자외선 차단 크림을 바르면서 턱을 들고 입을 살짝 벌렸다. 그는 가방에 수건과 생수를 챙기고 수영복으로 갈아입었다. 그녀도 수영복으로 갈아입었다. 그녀의 핑크 수영복이 그녀의 엉덩이를 팽팽하게 감쌌다. 그는 그녀의 엉덩이를 보자 흥분되면서 마지막까지 정액을 짜내고 빨아들이는 근육의 조임이 느껴졌다. 그녀는 핑크 수영복 위에 빨간 가운을 걸치고 챙이 넓은 모자를 썼다.

히트와 B는 바다를 향해 신발을 들고 모래사장을 걸었다. 멀리서 제법 높은 파도가 밀려왔다. 그녀는 모자와 신발을 그에게 건네고 파도를 향해 달려갔다. 그녀의 종아리가 유난히 굵어 보였다. 온종일 서서 일했던 이모의 종아리가 떠올랐다. 그는 이번 여행이 정말 마지막이 될 수 있을지 자신할 수 없었다.

핑크 몬스터 45.5cmx53cm oil on linen 2017

핑크 몬스터1 45.5cmx53cm oil on linen 2017

왕관을 쓴 사람들

왕관을 쓰고 달리는 기분

짓눌린 젊은이들은 거리를 장악해야만

자신들의 주장을 펼칠 수 있다고 생각하기도 한다.

그들은 도로로 뛰쳐나와 무한한 질주와 행진을 감행한다.

행진과 거리 투쟁을 통해 공간을 확보하고 해방구를 만드는 것이다.

그러나 권력은 행진이 정지되는 순간 저항이 정지된다는 것을 잘 알고 있다.

통제와 저항이 어떻게 예술창작의 모티브로 작용하는지 살펴본다.

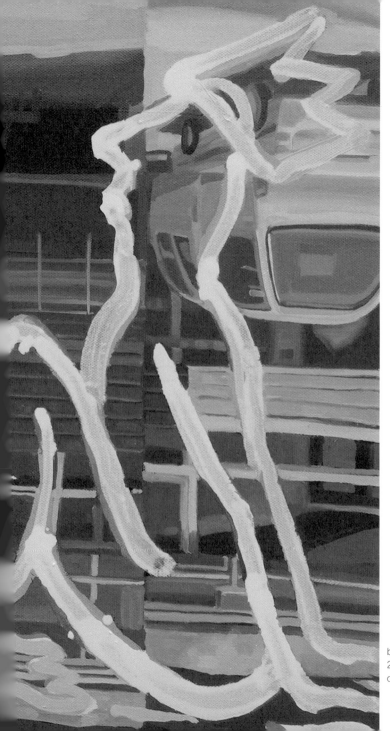

barber
26cmx35cm
oil on linen 2015

왕관을 쓰고
달리는 기분

히트는 4학년이 되자 연극동아리 활동을 그만두었다. 그는 예쁜 여학생이 많은 동아리를 조사했다. 플래시몹 커뮤니티에 예쁜 여학생이 많았다. 어떤 활동을 하는지 잘 몰랐지만 열성적으로 활동하기로 마음먹었다. 그를 따라다니던 여자 후배 A도 플래시몹 커뮤니티에 가입했다. 회원들은 주로 가면을 쓰고 도심을 질주하는 시위를 벌였다. 제일 기억에 남는 것은 영화 〈브이 포 벤데타〉를 오마주한 시위였는데, 파시즘에 대항하는 런던시민이 주인공 V 복장을 하고 행진하는 클라이맥스를 광화문 광장에서 그대로 재현한 플래시몹이었다.

중간고사가 끝난 어느 날 회원들은 신나게 달려보기로 마음먹었다. 히트가 숙취를 핑계로 머뭇거리자 A는 당장 나오라고 떼를 썼다. 그는 전화를 끊고 트위터에 들어가서 대장 질주 본능이 올린 공지를 확인했다.

'오늘의 외침은 표현의 자유 쟁취. 뜻있는 사람들은 12시 반 세종문화회관 분수대에 모여서 달리자!'

짓눌린 사람들은 거리를 장악해야만 자신들의 주장을 펼칠 수 있다고 생각했다. 그들은 도로로 뛰쳐나와 무한한 질주와 행진을 감행하려고 했다. 권력에 의해 행진이 정지되는 순간 저항이 정지된다는 것을 잘 알았기에 행진과 거리 투쟁을 통해 공간을 확보하고 해방구를 만들고자 한 것이다.

히트는 운동복으로 갈아입고 장식장에서 금관을 꺼냈다. 거울 앞에서 불꽃무늬가 화려한 금관을 써보았다. 운동복과 금관은 어울리지 않았지만, 금관만 보면 세계를 정복한 제국의 왕자 같았다. 두 주먹을 불끈 쥐고 자세를 잡아 보았다. 이목구비가 좌우대칭이었고 커다란 눈에 눈썹이 짙어서 또렷한, 한마디로 잘생긴 얼굴이었다. 그런데 운동복이 마음에 들지 않았다. 배가 조금 나오긴 했지만, 몸에 쫙 달라붙어 근육질의 몸매가 드러나는 운동복을 사야겠다고 마음먹었다. 금관을 벗은 다음 금관의 머리띠 부분에 고무줄을 단단히 묶었다. 다시 금관을 쓰고 고무줄을 턱에 묶어 보았다. 달리는 동안 수많은 사람이 자신을 신기하게 쳐다볼 생각을 하니 다리에 절로 힘이 들어갔다.

제대하고 이 년이 넘게 공들여 기른 머리를 고무줄로 묶고 다녔다. 머리를 감고 잘 말리지 않은 날은 금색 머리띠를 하고 학교에 갔다. A는 히트를 보고 머리띠가 잘 어울린다며 이마가 시원스럽게 드러난 모습이 매력적이라고 했다. 그는 이마가 매력적이란 말을 들으면 기분이 좋아 화장실 거울을 보며 미소 지었다. 그와 금색은 잘 어울렸다. 얇은 금색 머리띠만 착용해도 인상이 달라졌다. 그는 취업 스펙에 좋은 비즈니스 영어 자격증을 땄을 때 직접 금관을 만들어 쓰고 클럽파티에 갔다. 금관을 쓰고 춤을 추는 그의 모습은 신들린 무당 같았다.

그가 금관을 만들 때 참조한 것은 고구려의 '불꽃 뚫은 무늬 금동관'이었다. 금관의 중앙에는 종이를 여러 겹 오려붙여 만든 불꽃무늬로 관대를 세웠다. '불꽃 뚫은 무늬 금동관'의 사진을 보며 얇은 금박지를 정성스럽게 잘라 붙여 만든 금관은 전체적으로 균형이 잘 잡혔고 무늬가 섬세했으며 아름다웠다. 멀리서 햇살을 받으면 마치 머리에서 불길이 타오르는 듯했다. 그는 지금 독학으로 준비하는 토익 성적이 900점 넘으면 불꽃무늬 장식을 금관 양쪽에 하나씩 붙여서 금관을 더욱 화려하게 만들 작정이었다.

히트는 금관을 넣은 쇼핑백을 들고 광화문으로 갔다. 버스를 타고 서대문에 내려 스마트폰을 보면서 걷다가 사람들이 많아서 스마트폰을 집어넣었다. 평일 광화문의 정오는 점심을 먹으러 나온 수많은 직장인 때문에 쫓고 쫓기는 영화의 한 장면 같았다. 세종문화회관까지 걸어갈 때 자동차를 타고 차창 밖으로 스치는 풍경을 보는 것처럼 이미지들이 빠르게 다가왔다가 흩어졌다. 운동신경이 계속 자극되었다. 광고판, 자동차 소리가 그를 따라다녔다. 12시 20분이 되자 세종문화회관 분수대 주변에 50명쯤 되는 사람들이 서성거리기 시작했다. 광화문역 출구에서 한 무리의 젊은이들이 빠져나와 합류했다. 꿀벌이 화단을 날아다녔고 편의점에서 나온 남자가 담뱃갑을 뜯고 비닐을 구겨버렸다. 반바지에 선캡을 쓰고 조깅화를 신은 A가 발목을 돌리며 생수를 마셨다. 그녀는 몸을 앞으로 굽히고 스트레칭했다. 그녀의 하얀 바지가 엉덩이에 팽팽하게 달라붙었다. 그는 그녀의 엉덩이를 바라보자 갑자기 온몸에 힘이 솟았다. 같은 티셔츠를 입은 연인은 서로 허리를 잡고 마주 보면서 춤을 추듯이 흔들어 댔다. 그렇게 사람들이 모여서 긴장을 풀고 있었다. 흐렸던 하늘이 점점 푸르게 변했고 햇살이 뒤통수에 뜨겁게 내리쬐기 시작했다.

히트는 쇼핑백에 담아온 금관을 꺼내 썼다. 길을 가던 사람들이 그를 쳐다보며 웃었다. 그가 운동화 끈을 풀었다가 다시 묶었을 때 사람들이 트위티를 확인하고 갑자기 함성을 지르며 줄지어 뛰기 시작했다. 화단에 몰려 있던 참새들이 깜짝 놀라 한꺼번에 날아올랐다. 공지를 보고 모인 사람들을 둘러보면 조직도, 중심도, 우두머리

도 없는 것처럼 보였다. 그냥 달리고 싶어 나온 사람들이었다. A가
회원들을 둘러보며 말했다.

"너무 긴장돼."

"스트레스 확 풀고 가는 거야."

회원들이 삼삼오오 짝을 지어 도로와 인도를 넘나들며 달려갈 때
A가 뒤에서 그의 어깨를 치며 웃었다.

"멋진데!"

"오늘은 내가 왕이야."

"그거 쓰고 끝까지 달려."

"아니, 우리 조금만 달리다 맥주 마시러 가자."

"끝까지 달릴 거야, 선배는 뱃살 좀 빼야 해."

"배가 나왔다고?"

"조금만 빼."

"벌써 발에 쥐가 난 것 같아."

운동복을 입고 달리는 사람은 거의 없었다. 금요일, 일을 하다가
아니면 집에서 자다가 방금 뛰쳐나온 사람들처럼 보였다. 도서관에
있다가 가방을 메고 나온 학생, 양복에 서류가방을 든 회사원, 쇼
핑백을 든 아가씨, 아이의 손을 잡고 뛰는 아줌마, 오토바이에 배
달통을 싣고 달리면서 경적을 울리는 청년들이 청계천을 향해 건널
목을 건너는 동안 신호가 바뀌어서 대열이 끊겼다. 보행신호를 기

다리는 동안 먼저 건너갔던 사람들 중 일부가 빌딩 주변을 돌면서 뒤처진 사람들을 일부러 기다렸다. 동아일보사를 지나면서 사람들의 호흡이 일정해지고 대열에 질서가 잡혔다. 대열의 선두엔 금관을 쓴 히트가 달렸다. 앞서 뛰던 몇몇 사람들이 가방에서 피켓을 꺼내서 달리는 사람들에게 건넸다. 피켓을 준비한 사람들은 마라톤에서 아마추어 참가자들의 기록 관리를 위해 달리는 페이스메이커 같았다. 빨간 천에 흰색으로 구호를 인쇄한 피켓이 늘어났다. 피켓에는 '모든 국민은 언론·출판의 자유와 집회·결사의 자유를 가진다.'라고 쓰어 있었다. 사람들은 표현의 자유를 외치며 뛰기 시작했다. 히트는 피켓을 한 장 받아서 목에 둘렀다. 금관과 구호가 적힌 빨간 천, 그는 적진을 뚫고 달려가는 왕자 같았다. 금관이 기울어질 때마다 고무줄을 당겨서 바로 잡으면서 달렸다. 피켓에서 잉크 냄새가 났다. 회원들은 피켓을 깃발처럼 하늘 높이 쳐들고 달렸다. 사람들은 달리다가 빨리 걸으면서 구호를 외쳐댔다. A가 달리면서 히트에게 말했다.

"달리면 수많은 관중 앞에서 춤을 추는 것 같아. 눈을 감고 함성에 빠져 아무 거리낌 없이 몸을 흔들어대는 그런 기분이야."

히트는 속이 울렁거려 먹은 것이 다 넘어올 것 같았다. 생각해 보니 달리기를 한 지가 두 달은 더 된 것 같았다. A는 앞지르기하며 힘차게 뛰어나갔다. 히트는 뒤로 처지기 시작했다. 뒤쪽에서 피켓을 들고 달리던 남자가 앞으로 달려나가면서 그를 독려했다.

"앞사람하고 바짝 붙어서 달리세요."

히트는 숨을 몰아쉬며 말했다.

"제발 천천히 좀 가요."

선두에 선 A는 옆 사람과 웃고 떠들면서 신나게 달렸다. 회원들이 시청 앞 지하도로 들어가면서 속도를 늦추고 빠르게 걸었다. 그때 대열의 어딘가에서 오늘의 목적지는 서울역이라고 했다. A를 겨우 따라잡은 히트는 숨을 몰아쉬며 그녀에게 말했다.

"너무 숨차. 그만 뛰자."

"왕관 쓰고 뭐 하는 거야. 앞으로 달려나가."

A는 다시 속력을 내서 뛰어나갔다. 누가 신고했는지 상공회의소 쪽으로 순찰차 두 대가 출동했다. 순찰차에서 내린 경찰은 뛰는 사람들을 저지하려다가 포기하고 지켜보기만 했다. 회원들은 서울역을 향해 신나게 달렸다. 대열이 차도를 건너는 동안 차량 통행이 잠시 중단되었다. 운전자들은 경적을 울리면서 뛰는 회원들을 신기하게 바라봤다. 회원들은 지하도를 빠져나와 남대문을 향해 계속 달렸다. 히트는 더는 달릴 수가 없었다. 잠시 서서 건물 벽을 짚고 헉헉거리며 심장이 터질 것 같은 고통을 느꼈다. 그는 숨을 헐떡거리며 서울역을 향해 걸었다. 지하도를 지나 지하철역 출구에 서서 서울역 광장을 바라봤다. 회원들은 벌써 서울역 광장을 한 바퀴 돌고

다시 지하철역 입구로 하나둘씩 들어왔다. A가 달려와서 히트와 포옹했다.

"오늘 아주 신났어."

광장에는 시커먼 노숙자들만 벤치에 앉아 사지를 버둥거리며 햇볕을 쬐고 있었다. 회원들은 뿔뿔이 흩어져서 지하철을 타고 집으로 갔다. 히트는 금관을 벗었다. 그녀는 그를 잡아끌었다.

"한잔 하러 가."

그는 다리가 풀려서 잘 걸을 수 없었다. 그녀의 어깨를 안고 걸었다. 그녀는 그가 들고있던 금관을 받아서 썼다. 금관은 그녀에게 더 잘 어울렸다.

히트와 A는 용돈이 떨어져 그의 자취방에서 빈둥거렸다. A는 공중파 방송 다시보기를 클릭하다가 막대한 제작비를 들였다는 남극 생태계를 다룬 다큐멘터리를 봤다. 인간이 저지른 지구온난화에 대해 생각해볼 기회를 제공한다는 기획 의도를 가지고 제작된 프로였다.

다큐멘터리는 암흑에서 시작되었다. 태양도 달도 비추지 않는 한거울 남극의 오지. 단지 남극광만이 울음 같은 전자음을 내며 별빛을 불러냈다. 다큐멘터리에 나온 연구원들은 몸을 사리지 않는 스턴트맨 같았다. 어느 여자 연구원이 사람들의 눈을 피해 오줌을 누러 가다가 유빙을 잘못 밟아서 물에 빠지고 말았다. 원주민 사냥꾼이 장대를 들고 달려가서 여자 연구원을 구하는 장면이 꽤나 사실적으로 잡혔다. 유빙의 바다에 빠지면 5분 이내에 심장이 멈추기 때문에 조금만 늦었으면 그 여자는 얼어 죽었을지도 모른다는 해설이 나오자 그가 말했다.

"원주민 사냥꾼이 저 여자를 계속 훔쳐보고 있었나봐."

얼음이 갈라져 바다에 빠진 사람을 구출하는 장면은 손에 땀을 쥐게 했다. 그녀는 진지한 표정으로 말했다.

"원주민 사냥꾼이 일행의 안전을 생각해서 항상 긴장하고 있었겠지."

다큐멘터리가 끝나고 제작진과 그곳 연구원들의 간담회가 있었다. 인디언처럼 검게 그을린 여자 PD가 마이크를 잡고 한마디 했다.

"지구온난화의 현실을 지나치게 강조하기보다는 시청자들이 직접 느끼게 하고 싶었습니다."

PD는 남극의 거대한 얼음이 녹으면서 갈라지는 소리가 촬영 내내 들렸다고 했다. 어느 연구원은 거대한 얼음에서 떨어져나온 조각난 빙하가 바다를 넓게 덮었다가 점차 바닷속으로 가라앉는 것을 봤다고 했다. 다큐멘터리 화면에 남극의 유빙이 끝없이 펼쳐지자 방바닥에 누워 있던 A는 더위를 먹은 것 같다면서 히트에게 부채질을 해

달라고 했다. 그는 그녀 옆에 앉아 부채질하면서 창밖을 내다봤다. 건물의 벽이나 보도블록을 내려다보면 한낮의 열기를 가늠할 수 있었다. 그림자의 끝이 칼날처럼 날카로울수록, 검정 승용차가 뿌옇게 보일수록 지열이 그만큼 강하다는 것을 느낄 수 있었다. 그는 목이 말라서 냉장고에서 수박을 꺼내 잘랐다. 수박씨를 손가락으로 후벼 파내고 그녀의 입에 갖다 댔다. 그녀가 수박을 먹으며 말했다.

"남극에 가고 싶어."

"얼음 위에 눕고 싶다."

"난 탐사대원이 되어 남극에 사는 게 꿈이야."

히트는 그녀가 남극탐험대원이 되어 탐사선을 타고 웅장한 빙산에 올라 얼음을 손으로 뜯어 게걸스럽게 깨물어 먹는 모습을 상상했다. 그녀는 볼에 달라붙은 머리카락을 떼고 수박을 한입에 밀어 넣었다. 그녀가 수박껍질을 그에게 건네며 물었다.

"선배는 꿈이 뭐야?"

"난 북극에 가고 싶어."

"거짓말. 선배는 추위를 엄청나게 타잖아."

히트는 진로를 못 정하고 있었다. 그림을 계속 그리면서 대학원에 진학해야 할지 취직을 해야 할시 고민되었다. 갑자기 먹구름에 해가 가렸는지 세상이 칙칙하게 가라앉았다. 해가 구름에 가려지자 온 세상이 숨을 돌리며 휴식을 취하는 것 같았다. 그는 선풍기를 회

전시키고 나서 그녀 옆에 누웠다.

"선배는 꿈이 없어? 아니면 비밀이야?"

"로또 2등 당첨되는 게 꿈이야."

"왜 2등이야?"

"1등은 귀찮은 일이 많이 생길 것 같아."

그녀가 꿈틀거리더니 한 뼘 정도 떨어졌다. 그의 등에 장판이 끈끈하게 달라붙었다. 그가 그녀를 보고 돌아누우면서 말했다.

"졸업하면 뭘 해야 할지 모르겠어."

"그림을 계속 그릴 거 아냐?"

"돈을 벌어야 그림도 그리는데."

"돈 잘 버는 여자를 만나."

그가 고개를 돌려 그녀를 쳐다봤다. 그녀는 모니터에서 눈을 떼지 않았다. 그가 모니터를 바라보며 말했다.

"돈 잘 버는 여자가 돈 없는 남자를 좋아할까?"

"중요한 건 그게 아니겠지."

그는 중요한 게 뭔지 더 캐묻지 않았다. 그녀와 묘한 거리감을 느낀 날이었다. 그는 자신의 진로에 대해 심각하게 고민해 본 적이 없었다. 그는 그날부터 자신의 꿈에 대해 고민하기 시작했다. 그림이 좋아서 미대에 들어갔고 연극이 좋아서 동아리에 들어가 연기를 배웠지만 진정 바라는 것이 무엇인지 자신도 알 수 없었다.

여름 방학이 얼마 남지 않은 어느 날 A가 영화를 보자며 CD를 가져왔다. 최신 영화인줄 알고 잔뜩 기대했는데, 그녀는 몇 년 전 감동적으로 본 영화라고 했다. '페이션스'라고, 남극횡단을 다룬 다큐멘터리 영화인데, 자기는 어려운 일이 있을 때마다 그걸 보며 용기를 얻는다고 했다.

"어떤 내용이 감동적이냐?"

"탐험대가 살아서 돌아가려고 사투를 벌이는 모습이 죽도록 피곤해 보여서 현실이 상대적으로 천국처럼 느껴져."

히트는 별로 끌리진 않았지만, 딱히 할 일도 없어서 CD를 틀었다. 영화의 첫 장면은 남극 대륙의 빙붕에서 떨어져나온 빙산이 서로 부딪쳐 쪼개졌을 때 페이션스호가 해류에 밀려 그 쪼개진 빙산 사이에 낀 장면에서 시작했다. 빙산이 양쪽에서 페이션스호를 점점 조여왔다. 천만 톤이 넘는 거대한 빙산의 압력에 페이션스호는 삐걱거리며 비명을 지르다 밑바닥부터 쪼개지기 시작했다. 탐험대장은 대원들에게 탈출하라는 명령을 내렸다. 대원들은 비상보트를 내려 페이션스호가 침몰하기 전까지 비상식량과 각종 필수품을 가까운 부빙으로 옮겨 비상캠프를 설치했다. 대원들은 부빙 위에서 초속 약 18미터의 눈바람과 싸워야 했다. 대원들이 느끼는 체감온도는 영하 30℃ 이하였다. 탐험대는 짐을 정리하면서 추위보다 더 무서운 불안에 떨기 시작했다. 살아서 돌아가려면 보트를 타고 페이션스호의 침몰 지점에서 남서쪽으로 오백 킬로미터 이상 떨어져 있는 엘리펀트 섬으로 이동해야 했다. 그것은 남극 대륙을 횡단하는 것만큼이나 어려운 일이었다. A는 다큐멘터리 영화 1부를 보고 나서 말했다.

"남극에 가는 게 꿈이야. 생명과학과를 간 것도 극지생물학에 관심이 있어서였어."

그는 자신도 뭔가 멋지게 시작하는 모습을 보여주고 싶었다.

"나는 생명과학 석사 과정을 마치고 남극에 연구원으로 가고 싶어."

"정말?"

"석사를 끝내면 한국해양연구소 극지연구본부에 인턴 신청을 할 거야."

"경력 쌓으려고 남극까지 간다고?"

"나는 남극에 가는 게 꿈이라니까."

히트는 A가 돌아가고 나서 인터넷 검색창에 남극탐험을 입력했다. 남극세종과학기지, 남극장보고과학기지 월동대원 모집 공고가 검색되었다. 몇 년 전 났던 공고였다. 그곳에서 1년간 상주하며 연구활동과 기지운영 업무를 담당하는 직원을 뽑는다는 공고였다. 생물, 해양, 지구물리, 대기 및 고층 대지 분야 그리고 중장비, 기계설비, 전기설비, 전자통신 및 요리. 그가 지원할 수 있는 분야는 없었다. 그는 남극여행을 검색했다. 남극대륙에서도 가장 풍요로운 자연과 생태계를 간직한 남극 반도. 그곳에서 가장 가까운 남미 대륙의 최남단에 있는 도시에서 출항하는 크루즈 여행이 있었다. 여행하기 좋은 시기는 11월~2월이며 2월에 가는 게 가장 좋다고 나와 있었다. 남극 크루즈를 타고 하루 세 끼를 꼬박 챙겨 먹으며 남극의 거대한 얼음이 녹아내리는 광경을 감상하는 자신을 상상했다. 다큐멘터리 영화 '페이션스' 2부의 내용은 끔찍했다. 침몰하는 페이션스 호에서 탈출해 부빙에 비상캠프를 설치한 대원들이 제일 먼저 한 일은 사냥이었다. 마침 부빙 주변에는 바다표범과 범고래만을 천적으로 아는 물개 떼가 널려 있었다. 일곱 명의 대원은 물개 떼가 누워 있는 곳까지 걸어갔다. 나무 몽둥이로 무장한 대원들이 물개 떼의 한복판으로 뛰어들어 사정없이 물개의 머리를 내려치는 동안 칼을 든 대원들은 그 뒤를 따라가며 물개의 숨을 끊어 놓았다. 얼음 위에 붉은 피가 퍼지기 시작하자 물개들이 울부짖으며 움직이기 시작했다. 대원들은 숨을 헐떡이며 바다를 향해 기어가는 물개를 쫓아가 몽둥이로 내려쳤다. 물개 떼가 모두 바닷속으로 뛰어들고 남은 물개의 시체는 30마리가 넘었다. 대원들이 잡은 물개를 한 곳으로 끌어모으는 동안 얼음 위에 뿌려진 피가 얼기 시작했다. 풍족한 고기와 기름을 확보한 셈이지만 모두 끌고 갈 수는 없었다. 대원 한 명이 얼음판 위로 끌고 갈 수 있는 물개는 한 마리에 불과했다. 줄에 묶인 물개의 시체에서 나온 피가 얼음판 위에 붉은 선으로 길게 이어졌다.

히트는 다음날 아버지에게 전화했다. 아버지는 졸업하고 그림을 계속 그리겠다는 아들의 말에 한번 마음먹었으면 끝까지 해보라고 격려했지만 아무 도움을 줄 수 없다고 했다. 아버지의 잘나가던 여수의 아연공장은 부도가 났고 몇 푼 건질 수도 없는 상황이라고 했다. 그는 아버지에게 작업실 구할 돈을 부탁하려 했지만 말할 수 없었다.

그는 미술학원 아르바이트를 잡으려고 이력서를 쓰고 면접을 보러 다니는 동안 이상하게 허기가 졌다. 기대했던 미술학원에서 면접 통보가 오지 않은 날, 콩나물과 싱싱한 해물이 들어간 라면을 끓였다. 면을 따로 삶아 찬물에 헹궈 내 기름기를 빼고 쫄깃하게 만든 다음 뜨겁고 매콤한 국물에 말아 먹었다. 시원한 국물에 남은 찬밥도 말아먹은 다음 '페이션스' 3부를 클릭했다.

대원들이 부빙 위에 페이션스호에서 뜯어온 나무자재로 막사를 짓는 동안 낮이 짧아지고 남극 동물들의 숫자가 점점 줄어들었다. 물개와 펭귄이 태양을 따라 북쪽으로 이동하기 시작한 것이다. 남극에 겨울의 밤이 오고 있었다. 대원들은 사냥해서 고기를 비축하려고 사라져가는 어스름한 빛을 따라 멀리 나갔지만 사냥감은 이미 사라지고 없었다. 해가 남은 기운을 털어내기라도 하듯 수평선 위로 떠올랐다가 천천히 사라졌다. 대원들이 비상캠프로 돌아오는 길은 발밑의 얼음조차 제대로 보이지 않는 컴컴한 어둠에 싸여 있었다. 대원들은 아무 수확 없이 비상캠프로 돌아와 바로 슬리핑백으로 들어갔다. 태양이 뜨지 않는 수개월간의 밤이 그들을 위협하고 있었다. 남극의 칠흑 같은 어둠에서 나오는 적막은 그 자체가 공포였다.

침몰하는 페이션스호에서 살아 나와 부빙에 비상캠프를 설치한 대원들은 배에서 내린 비상식량으로 삼 개월가량 계속되는 남극의 겨울을 보냈다. 대원들은 극지의 적막한 어둠속에서 정체를 알 수 없는 공포와 우울증에 시달렸지만, 얼마 지나지 않아 원시적인 상태에 적응해가는 자신들을 대견하게 여기게 됐다. 그들은 얼어 죽지 않으려고 서로 꼭 껴안고 지내면서 오직 먹을 것만 생각했다. 나중엔 뭐든 먹을 수 있을 것 같다고 했다. 어느 대원은 겨울이 오기 전에 먹었던 고래기름이 들어간 물개고기 스튜가 생각난다며 가죽 허리띠를 씹기도 했다. 다음날 요리사는 얼음 속에 파묻어 저장해두었던 물개고기 내장과 거죽에 붙어 있던 살점으로 잡탕찌개를 끓였다. 대원들은 고래기름 사이로 떠다니는 질긴 덩어리들을 게걸스럽게 뜯어먹고 국물까지 말끔히 비웠다. 대원들은 남극의 겨울을 보내는 동안 추위에 떨며 먹고 싸면서 매서운 바람 소리에 시달렸다. 부빙을 무너뜨리고 눈사태를 만드는 바람은 여자의 비명 같았다. 비상캠프에서 웅크리고 누워 귀를 틀어막고 지내던 대원들에게 착란 증세가 나타나기 시작하던 어느 날, 남극의 암흑이 서서히 걷히면서 봄이 성큼 다가왔다.

남극 대륙에서 조금씩 바다로 흘러들어 가던 빙하가 바다를 넓게 덮어 빙붕으로 변하는 장면이 마지막 장면이었다. 아나운서의 내레이션이 흘러나왔다.

"남극횡단 탐험대의 목표는 남극 대륙을 남북으로 종단하는 일이었다. 그러나 대원들의 목표는 살아 돌아오는 것으로 바뀌었다."

그는 음량을 높이고 다시 들어보니 내레이션이 마치 그녀의 목소리 같았다. 남극탐험대의 목표가 살아 돌아오는 것으로 바뀌었다는 말이 귓가에 계속 맴돌았다. 그녀가 자신에게 어떤 메시지를 남긴 것 같았다.

가을학기 중간고사가 끝나자 플래시몹 커뮤니티에서 메시지가 왔다. 신나게 달리자는 공지였다. 그때 눅눅한 자취방에 희뿌연 빛이 스며들더니 밥그릇이 계단으로 굴러 떨어지는 소리가 요란했다. 위층에서 이삿짐을 나르는 소리였다. 히트는 질주본능이 트위터에 올린 공지를 봤다.

'오늘의 외침은 비정규직 철폐. 답답한 사람들은 오후 두 시 교대역 4번 출구에 모여서 달리자!'

질주본능은 이번이 플래시몹 커뮤니티에서 진행하는 마지막 질주라고 했다. 예전처럼 도심을 질주하기 어려웠다. 모여서 달리자는 익명의 글이 올라오면 당국에 의해 도로가 차단되었다. 사람들은 도심을 질주하는 대신 사이버공간 속을 질주하기 시작했다. 회원들은 어디론가 질주하고자 하는 욕망이 차단되어 괴로웠다. 이번 마지막 질주에는 많은 회원이 참여할 것 같았다.

히트는 교대역 4번 출구에 우뚝 서서 출발 신호가 울리기를 기다렸다. 그가 쓰고 나온 '불꽃 뚫은 무늬 금관'에는 세 개의 관대가 더 부착되어 있었다. 토익 900점을 맞은 의미의 관대, 그림을 계속 그리겠다는 의미의 관대 그리고 미술학원 아르바이트를 구한 기념의 관대였다. 머리에서 불길이 활활 타오르는 듯했다. 금관을 쓰고 달릴 생각 하니 신경이 곤두서고 뛰기도 전에 다리에 힘이 들어갔다. 교대역 주변에 운동복을 입은 사람들이 하나둘씩 모여들었다. 그들은 친구들과 농담을 하면서 흥분을 가라앉혔다. 또 다른 무리는 아프리카 초원에서 꼬리로 파리를 쫓으며 작은 소리에도 귀를 쫑긋 세우는 초식동물처럼 서성거렸다. 운동복을 입은 사람들이 점차 늘어가면서 교대역 주변으로 에너지의 자장이 형성되는 느낌이었다. 그것은 아주 조심스럽게 다뤄야 하는 고성능 폭약과 같은 긴장감을 형성했다. 그때 누군가 두 손을 입에 모아 출발하라고 외쳤다. 순간 햇살이 가루로 만들어 뿌린 것같이 반짝거렸다. 사람들은 케냐와 탄자니아의 국경을 넘어가는 누 떼들처럼 달리기 시작했다.

누군가는 빨리 달리고 싶어서 앞으로 뛰어나갔다. 어디서나 경쟁을 하고 싶은 유전자가 발동하는 사람들이 있었다. 하지만 그는 경쟁하고 싶은 욕구를 눌렀다. 함께 호흡을 맞추며 뛰어가야 힘이 덜 든다는 사실을 여러 번의 질주 끝에 터득했다. 질주야말로 누구나 승자가 될 수 있는 놀이였다. 질주의 쾌락을 맛보는 순간만큼은 나약한 자신은 사라지고 세상을 향해 포효하는 맹수가 되는 듯했다.

어느새 사람들의 호흡이 일정해지고 대열에 질서가 잡혔다. 앞서 뛰던 몇몇 사람들이 메고 있던 가방에서 빨간 손수건을 꺼내 달리는 사람들에게 건넸다. 빨간 손수건에는 흰색으로 '비정규직 사용사유 제한, 동일노동 동일임금.'이라고 씌어 있었다. 그는 빨간 손수건을 한 장 받아서 목에 둘렀다. 사람들은 빨간 손수건을 깃발처럼 하늘 높이 쳐들고 달렸다. 그는 달리면서 외쳤다.

"파도를 타는 기분이다."

사람들과 함께 물결처럼 밀려나가는 듯했다. 사람들의 긴장된 표정이 조금씩 풀어졌다. 그는 끝까지 달리겠다는 생각에 기분이 좋아졌다.

드디어 사람들의 질주를 방해하는 장애물이 나타났다. 초원을 찾아 떠나는 누떼들에게 절벽과 강이 나타나듯이 그들의 눈앞에 사거리의 건널목이 나타났다. 그러나 사람들은 신호를 기다리느라 질주를 멈추지 않았다. 누군가 질주의 행렬은 끊이지 않고 이어져야 한다고 외쳤다. 누떼들은 예민한 후각으로 강물에 굶주린 악어가 있다는 사실을 알고 머뭇거렸다. 먼저 달려나간 누군가가 깃발을 높이 들어 올려서 달리는 차량을 통제했다. 용감한 누떼 몇 마리가 강물에 뛰어들었다. 차량은 깃발을 보고 급정거를 하고 사람들은 그 와중에도 계속 질주했다. 마치 누떼들이 강물에 숨어 있던 악어의 머리를 밟고 지나가는 듯했다. 질주의 행렬이 안전하게 사거리를 건너자 깃발은 사라졌다. 사거리를 넘어가자 또 사거리가 나왔다. 앞서가던 그는 뛰면서 에너지가 온몸으로 퍼지는 듯 뒤돌아보며 자꾸만 웃었다. 자신감과 확신이 온몸에 퍼졌다. 그는 사람들을 지나쳐 앞서 나가다 발목에 통증을 느꼈다. 피로와 탈수에서 오는 반응이었다. 짧은 보폭을 유지하면서 달리자 조금씩 뒤로 처지기 시작했다. 갑자기 많은 보행 인파가 나타나서 그를 방해했다. 작은 틈을 찾아 다리를 절뚝거리면서 앞으로 나갔다. 그러다 누군가의 발에 걸려 넘어지고 말았다. 어느 사내가 뒤돌아보다가 그를 발견하고 달려와서 부축해 일으켰다. 그는 달리다 멈추자 숨이 차오르며 심장이 터질 것 같았다. 바닥에 주저앉아 테헤란로를 바라봤다. 배를 탄 것처럼 건물들이 위아래로 요동쳤다. 목이 말라서 침을 삼키기조차 어려웠다. 땀이 식으면서 바람이 차게 느껴졌다. 속이 울렁거리면서 그냥 바닥에 드러눕고 싶었다. 그때 어떤 사람이 그에게 생수 한 병을 던져주었다. 그는 마시고 남은 생수를 발목에 뿌리고 일어났다. 질주행렬의 끝이 그의 앞으로 지나갔다. 순간적으로 발목에 경련이 일어났지만, 질주행렬의 끝에 따라붙어야겠다는 생각에 자신도 모르게 달리기 시작했다. 질주행렬은 점점 불어났다. 거리를 장악한 거대한 군중의 무리였다. 도로를 달리던 차들은 모두 멈춰 서 있었고 그 차들 사이로 사람들이 달려나갔다. 인도에서, 건물의 옥상에서 사람들이 왕관을 쓴 그를 격려하기 위해 손뼉을 치며 환호했다. 그는 사람들을 의식해서 상체를 바로 펴고 발을 가볍게 움직였다. 어깨와 엉덩이가 모두 일직선이 되도록 몸을 낮추고 부드럽고 빠르게 다리를 움직였다. 엉덩이와 가슴이 앞으로 향하는 빠르고 가벼운 착지였다. 그러나 얼마 못 가 다리가 꼬이면서 앞으로 고꾸라지고 말았다. 그는 인도에 주저앉아 숨을 헐떡거리다가 어느 정도 진정되었을 때 스마트폰을 확인했다. 질주의 선두주자가 삼성역 코엑스에 도착하여 아셈타워 앞에서 찍은 사진이 페이스북에 올라와 있었다. 그 사진 속에 A가 사람들과 어깨동무를 하고 있었다. 그는 어느 빌딩 앞 화단에 앉아 쥐가 난 다리를 주무르며 어디론가 질주하고자 하는 욕망이 차단되어 생긴 관성 때문에 더 혼란스러웠다.

그는 거리의 사람들을 관찰했다. 손에 든 화면에 빠져든 사람들은 프레임을 통해 어디엔가 접속하고 있었다. 사람들은 몸이 이동하는 것과 동시에 정신도 이동하는 것 같았다. 사람들은 육체적으로 이동하는 것에 만족하지 못하고 정신도 매순간 어디론가 이동해야 하는 듯했다. 손에 들고 다니는 화면은 의식이 질주할 수 있는 공간 같았다. 그동안 자신은 거리로 뛰쳐나와 달렸지만 사람들은 항상 화면을 보며 질주하고 있었다. 그는 금관을 벗어 화단에 내려놓고 지하철역을 향해 걸어갔다. 잠시 후 건물을 관리하는 아주머니가 화단에 박힌 담배꽁초를 수거하다가 금관을 발견했다. 아주머니는 금관을 바닥에 내려놓고 발로 밟아 납작하게 찌그러트린 다음 쓰레기 봉지에 버렸다.

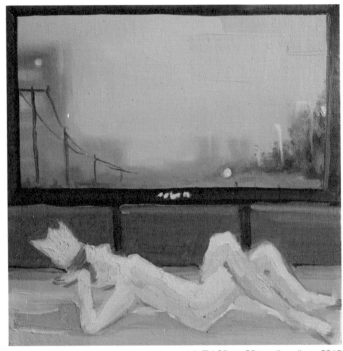

man watch TV 25cmx25cm oil on linen 2015

객석을 점거한 히트

세상은 무대 우리는 배우

삶의 선택적 과정에서 우리는 관객에 머물러 있다.

이제 적극적으로 무대에 올라 선택의 과정에 참여하여야 한다.

무대는 누가 만들어주는 것이 아니라 내가 장을 만들고

내가 그 중심에 섰을 때 주연배우가 되는 것이다.

나는 살아가면서 두꺼운 분장을 하고 연기를 하고 있지는 않은가?

내가 맡은 배역은 무엇인가?

대본 없이 즉흥적인 연기를 하는 사람들,

대본에 충실한 사람들을 엿보는 이야기.

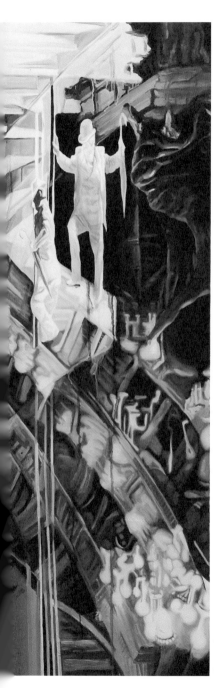

tugging men in the light
162cmx130cm
oil on linen 2012

객석을
점거한 히트

히트는 극장 앞에서 바쁘게 움직이는 사람들을 바라봤다. 사람들은 집중호우 때 하수구로 빨려들어가는 물줄기처럼 극장으로 들어갔다. 오늘 히트가 출연하는 공연 장소는 사십 년 넘은 대극장이다. 대극장 지하는 아주 많은 소극장으로 구성되어 있다. 그는 에스컬레이터를 타고 지하 2층으로 내려갔다. 벽에 붙은 공연포스터들이 전광판처럼 화려한 조명으로 사람들의 시선을 사로잡았다. 포스터 속 여배우가 이를 드러내고 웃었다. 그는 머지않아 자신이 등장하는 포스터를 이곳에 도배하겠다고 다짐했다. 그는 소극장 앞에서 소품을 챙긴 다음 창작극 '무한궤도' 공연기금 마련이라고 쓰인 어깨띠를 꺼내서 몸에 둘렀다.

극단 독소에서 3일 전 십시일반 사이트에 창작극 후원 프로젝트를 등록했다. 십시일반은 가난한 예술가, 독립적인 문화 창작자들을 위한 온라인 기금플랫폼이다. 극단 독소에서는 창작극 '무한궤도'를 기획하고 기업 후원자를 찾아다녔지만 아무도 관심을 주지 않았다. 모두 좌절했을 때 히트는 꼭 공연을 무대에 올리고 싶었다. '무한궤도'는 무대 뒤편에서 소품 제작만 담당하던 그가 배우로 데뷔하는 첫 공연이기 때문이었다. 그는 '무한궤도'를 홍보하기 위해 십시일반에 매달렸다. 자신의 전공인 서양화 실력을 발휘하여 유화로 이미지컷을 그리고 연습장면을 담은 홍보 동영상도 직접 만들어 올렸다. 십시일반에서 창작극에 관심 있는 사람들이 그의 열정에 힘을 모아주었다. 어제까지 후원금이 백오십만 원을 넘겼다.

히트는 소극장 앞에서 소품을 점검하고 나서 무릎 높이의 기다란 종이상자에서 오이를 꺼냈다. 미용기의 채칼로 오이를 저미자 오이는 0.7mm의 두께로 하나씩 가볍게 종이상자에 떨어졌다. 저민 오이를 얼굴에 촘촘히 붙였다. 가볍게 심호흡을 했다. 잠시 후 자동문이 열리자 관객들이 소극장 안으로 앞다퉈 들어갔다. 소극장의 바깥 출입문이 닫히고 곧이어 안쪽 출입문이 닫혔다. 객석은 노약자석이 따로 있는 오십 석이 조금 넘는 규모였다. 객석의 후끈한 열기가 통로까지 전해져왔다. 객석을 통과해 무대에 오르자 소극장 전체가 부르르 크게 진동하는 것 같았다. 무대가 서서히 움직이자 그

결에 다리가 떨려왔다.

히트는 대학 때 연극동아리에서 딱 한 번 무대에 서 봤다. 첫 공연은 저녁 여덟 시였다. 친구들은 그의 연기를 보러 대학로 문예진흥원 뒷골목 지하에 있는 소극장을 물어물어 힘들게 찾아왔다. 맨 앞자리에 앉은 친구는 배우의 어금니까지 봤다고 했다. 그 정도로 객석과 무대가 가까웠다. 친구들은 배우가 방백을 할 때 차마 눈을 마주칠 수 없었다고 했다. 극 중에 배우가 관객에게 질문하거나 관객을 무대 위로 끌어올려 극에 동참시켰기 때문이었다. 친구들은 극이 끝날 때까지 긴장을 풀 수 없었다. 그날따라 배우들의 동작이 커서 쿵쿵거리고 미끄러지는 소리가 유난히 크게 느껴졌다. 객석의 웃음소리와 여자 관객이 지르는 환호성 속에서 관객들은 점점 극에 몰입할 수 있었던 공연이었지만, 친구들은 극 중에서 그의 존재를 알아차리지 못했다. 그는 짧은 대사 몇 마디만 하고 사라지는 배역이었다.

그날 첫 공연의 막이 오르자 조명이 사라진 공간에 긴장감이 감돌았다. 긴장감은 작은 소리마저 포착해냈다. 누군가의 침 넘어가는 소리, 앉은 자세를 고쳐 잡으려고 들썩거리는 소리가 진공관을 거쳐 나온 소리처럼 유독 도드라졌다. 그때 서서히 조명이 밝아왔다. 무대를 떠돌던 먼지들이 빛을 받아 춤을 추기 시작했다. 히트는 무대에 서서 w의 얼굴을 똑바로 바라보고 싶었다. 그러나 무대 위에서 객석에 앉은 w를 발견하자마자 대사를 까먹을 것 같아 겁이 났다. 그는 첫 공연에서 w에게 배우의 자질을 보여주고 싶어서 연습을 많이 했다.

그림이나 열심히 그리라던 w의 핀잔에 그는 그림을 그리듯이 연기하고 그 장면을 그리는 화가가 될 거라고 말했다. 그는 표현주의에 영향을 받아 그림을 그릴 때 감정을 담고 싶었다. 그림을 그릴 때의 감정을 중요하게 생각한 그는 극 중 배역에 따라 감정을 과장하고 절제해야 하는 연기에 빠졌던 것이다.

그날 히트의 대사는 짧지만 강렬했다. 무대의 끝에 서서 방백을 하다가 주인공과 짧은 대사를 주고받은 후 퇴장하면 되었다. 드디어 차례가 되었고, 무대에 섰을 때 그는 젖은 몸에 찬바람이 부는 것 같았다. 갑자기 객석을 바라보며 크게 외쳐야 하는 대사가 생각나지 않았다. "온 세상은 무대이고 모든 여자와 남자는 배우일 뿐이다." 멋진 대사였지만 몇 개의 단어들이 두서없이 나설 뿐 제대로 어순이 갖춰지지 않았다. 그가 머뭇거리자 눈치 빠른 주인공이 그의 어깨에 손을 올리면서 대사를 대신 쳐주었다. 그는 그날 왜 객석에 앉은 모든 여자관객이 w처럼 보였는지 알 수 없었다.

2막 1장이 끝나고 암전이 되자 무대 바닥에 붙어 있는 작은 형광 테이프가 빛을 발하며 무대 위에 자신의 자리가 있었다는 것을 알려주었다. 이후로도 초라한 연극 같은 그의 인생에는 많은 암전이 있었다. 그는 인생의 극과 극이 이어질 때 정확하게 어디에 서 있어야 하는지 알지 못했다. 암전이 될 때마다 무대 바닥에서 위치를 알려주는 형광테이프가 절실했다. w는 그에게 형광테이프 같은 존재였다.

소극장 무대에 서서 호흡을 가다듬는데 얼굴에 붙어 있던 오이가 떨어졌다. 그는 손으로 얼굴을 톡톡 두드렸다. 깔끔하게 차려입은 삼십 대 초반의 회사원이 객석에서 그를 쳐다봤다. 검정 양복에 핑크색 넥타이를 맸다. 머리는 귀가 드러나게 짧게 커트를 하고 왁스를 발라서 그런지 탄력 있고 윤기가 흘렀다. 넥타이를 매고 출근해 본 적이 없는 그는 순간 회사원이 부러웠다.

그는 몇 년 전 12월 초순의 어느 날 벽화를 전문으로 제작하는 회사에 면접을 보러 출근 시간에 지하철을 탔다. 몇 정거장 지나자 빈자리가 났다. 매일 늦게 일어나던 그는 딱딱한 지하철 의자가 아랫목같이 따뜻해서 깜박 졸고 말았다. 얼마 후 눈을 떴을 때 승객이 빈틈없이 꽉 들어차 자신을 겹겹이 에워싸고 있었다. 지하철 문이 열릴 때마다 승객들이 승강장에서 불어오는 찬바람을 막아주었다. 몇 정거장 더 가면 내려야 하는데, 많은 승객을 뚫고 출입문까지 나갈 일이 걱정이었다. 승객들 사이를 가까스로 뚫고 나왔을 때 출입문이 닫히고 있었다. 그는 출입문에 가방을 끼워 넣어 간신히 내렸다.

그날 만원 지하철처럼 사람들이 소극장에 가득 차 있었다. 소극장에서 갑자기 영어안내방송이 나왔다.

"Next stop is ……. You may exit on the right."

히트는 우렁차게 대사를 시작하려다가 방송 때문에 맥을 놓쳤다. 순간 right가 오른쪽인지 왼쪽인지 알 수 없었다. 관객들을 피해 어느 쪽으로 비켜서야 할지 몰랐다. 소극장의 무대는 인생의 갈림길처럼 혼란스러웠다. 그는 자연스럽게 첫 대사를 시작하려 했지만, 말문이 막혔다. 앞머리를 뱅 스타일로 짧게 자른 여중생이 귀에 이어폰을 꽂은 채 그를 보고 웃었다. 그는 다시 용기를 내 관객 사이를 돌며 나지막하게 대사를 읊었다. 관객들은 그를 슬쩍 쳐다보고는 외면했다. 그의 얼굴에 붙어 있던 오이가 시든 꽃잎처럼 바닥에 떨어졌다.

그는 잠시 마음을 가다듬으려고 기다란 종이상자에서 오이를 꺼내 채칼로 저몄다. 오이는 0.7mm의 두께로 손바닥에 하나씩 얹혔다. 저민 오이를 다시 얼굴 가득 붙였다. 소극장이 흔들리면서 서서히 멈췄다. 길게 이어지는 출입문이 일제히 열렸다. 관객들이 무리를 지어 들락거리면서 객석의 빈자리를 채웠다. 그는 말문이 막혔다. 어느 여자관객이 그를 노려봤다. 그는 소극장과 소극장을 연결하는 문을 열고 두 번째 소극장으로 이동했다.

그곳에선 다른 배우가 공연하고 있었다. 배우는 마술사 같았다.

마술사와 같이 등장한 마술사의 조수는 커다란 상자 속에서 번쩍이는 양탄자를 꺼내서 펼쳤다. 휴대용 돗자리였다. 조명에 반사된 은박 양탄자가 관객의 시선을 집중시켰다. 관객은 최면에 걸린 것처럼 마술사의 대사 속으로 빨려 들어갔다. 은박 양탄자가 펼쳐지자 관객들은 마술사의 주문에 따라 남태평양의 해변으로 날아갔다. 몇몇 관객들은 시원한 상상 속에서 즐거워했다. 어떤 관객은 그 상상을 자기 것으로 만들려고 마술사에게 오천 원을 건넸다. 마술사는 관객이 내민 오천 원을 받고 양탄자를 건넸다. 마술사를 따라 관객 사이를 돌던 조수가 들고 있던 음향기기를 틀었다. 배경음악이 나오자 마술사는 돈을 챙기고 나서 신명나게 춤을 췄다.

그는 순간 뮤지컬의 한 장면이 연상됐다. 관객들은 손뼉을 치며 장단을 맞춘다. 마술사는 손잡이를 잡고 빙글빙글 돌며 노래를 부른다. 마술사가 무대를 절정으로 끌고 가려고 기둥을 타고 미끄러지면서 관객의 무릎을 피아노 건반 삼아 신나게 즉흥연주를 하는 장면을, 드로잉기법으로 그려야겠다고 마음먹었다.

마술사가 퇴장하고 나자 그가 그 무대를 이어받았다. 그는 무대의 중앙에 섰다. 그러나 그의 첫 대사는 사내들의 수다에 뒤섞여 웅웅거리는 혼잣말이 됐다. 술에 취한 사내가 손잡이에 의지한 채 축 늘어져 흔들거렸다. 술에 취해 중얼거리는 사내가 공연을 방해하는 것인지 아니면 그가 사내의 주정을 방해하는 것인지 분간이 가지 않았다. 이번에는 객석에서 휴대전화 벨소리가 크게 터져 나왔다. 그를 바라보던 관객의 시선이 통화 중인 아줌마에게 쏠렸다. 통화 내용을 들어보니 남편에게서 걸려온 전화 같았다. 아줌마는 쩌렁쩌렁한 목소리로 스마트폰을 씹어 먹을 듯 통화했는데 뮤지컬 배우의 과장된 연기처럼 우스꽝스러웠다.

얼마 전 w가 뮤지컬에 캐스팅되고 나자 히트는 그녀를 만날 수 없었다. 그는 틈만 나면 강남역 근처에 있는 뮤지컬 극단 연습실을 찾아갔다. 연습실 출입구 옆 화단에 앉아 w에게 전화했다. 연습실 지하계단 입구까지 음악 소리가 쿵쿵거렸다. 간간이 출입문이 열릴 때 음악 소리가 커지면서 열기가 터져 나왔다. 쿵쿵거리는 앰프 소리, 리듬을 타며 회전하는 소리. 극단 단원들은 창작 뮤지컬 공연 연습을 하고 있었다. 그는 계속 스마트폰을 확인하면서 담배꽁초를 화단에 나란히 꽂았다. 화단에 열 개의 꽁초가 꽂혔을 때 그는 일어났다. 엉덩이에 쥐가 나서 발가락까지 한차례 전류가 흘렀다. 그가 집에 가는 길에 전화가 왔다. w였다. 그는 서둘러 통화하려다 스마트폰을 떨어뜨리고 말았다. 전화가 끊겼고 그는 바로 전화를 걸었다.

"나야. 잘 지내니?"

목소리가 음악과 함께 멀어지는 듯하더니 낮아졌다.

"나야 매일 연습이지……."

w는 잔뜩 취한 목소리였다. 그때 전화기 너머로 사람들의 유쾌한

웃음소리가 한바탕 지나갔다. 사람들이 움직이는 소리가 났다. 음악을 트는지 스피커 소리가 늘어지면서 갈라졌다. w가 뜬금없이 그림 얘기를 꺼냈다.

"넌 연기에 소질 없어. 그림이나 그려."

"너 때문에 연기를 시작한 거야."

"뭐라고?"

음악 소리가 다시 커졌다. 그는 그녀가 못 알아들은 것이 다행스러웠다.

"난 그림을 그리듯이 연기할 거야."

"야."

"응."

"모르겠다. 뭐라도 열심히 해봐."

"알았어."

"……."

전화가 끊어졌다. 그 다음부터 연결되지 않았다. 사람들은 그에게 하나만 선택하라고 했다. 하지만 그는 뭐든지 하나만 선택하는 게 쉽지 않았다. 그는 먼저 자신이 하고 싶은 연기에 대해 생각했다. 배우가 돼서 연기를 통해 다른 삶을 살고 싶었다. 그리고 그림을 그리면서 자신의 감정을 표현하고 싶었다. 연기를 통해 자신과 타인을 살펴보고 그림을 통해 인간과 사물을 살핌으로써 자신이 어디에 있는지 어떤 상태에 있는지 돌아보고 싶었다.

오이의 접착력이 떨어지자 얼굴이 훤하게 드러났다. 객석에서 술 냄새가 고약하게 났다. 그는 두 번째 무대를 포기하고 세 번째 소극장으로 넘어갔다. 세 번째 소극장으로 들어가기 전에 안을 살펴보니 노인 관객들이 많았다. 세 번째 소극장에도 먼저 무대에 오른 배우가 공연하고 있었다. 배우는 악당 분장을 하고 위협적으로 무대를 돌아다녔다. 악당은 관객과 호흡하면서 극을 이끌어가고자 일일이 객석을 돌았다. 비굴한 모습을 보이기도 했고, 관객의 무릎을 툭툭 치기도 했다. 그러면서 악당은 가방 안에서 비닐 코팅한 종이 인쇄물을 꺼내 관객의 무릎에 던졌다. 관객 중에 악당에게 호흡을 맞추어 주는 이는 단 두 명뿐이었다. 악당은 다시 한 번 객석을 일일이 돌고 나서 아쉬운 듯 무대 밖으로 사라졌다.

히트의 차례가 왔다. 그는 무대로 나가기 전 종이상자에서 오이를 꺼냈다. 소품인 채칼로 오이를 저몄다. 오이는 0.7 mm 두께로 손에 하나씩 가볍게 떨어졌다. 오이씨가 속눈썹에 달라붙은 줄도 모르고 저민 오이를 빈틈없이 붙였다.

"승객 여러분 안녕하십니까?"

소극장 안의 공기가 어색해졌다. 그는 목소리를 더 크게 했고 인사말은 생략했다.

"깨끗하고 탄력 있는 얼굴을 위해 집에서 오이마사지 많이들 하시죠? 오이의 수분이 피부에 잘 전달되려면 0.7mm 두께가 가장 적당합니다. 자, 보세요, 이렇게 간편하게 저며서 붙여보세요. 절대 떨어지지 않습니다. 자, 천 원, 천 원짜리 한 장만 받습니다."

w는 히트가 해주는 오이 마사지를 좋아했다. 그는 w를 위해 정성스럽게 오이를 저몄다. 건조해진 w의 얼굴 굴곡을 따라 오이를 정성스럽게 붙였다. 상큼하고 비릿한 오이 냄새가 났다. w의 얼굴에 오이를 얹으면서 그녀의 콧김을 들이마시고 자신의 입김을 그녀의 얼굴에 붙었다. 그의 입김은 w의 모공에 파고들었다. 그는 무릎에 쥐가 나도 w의 피부가 촉촉해질 때까지 꼼짝하지 않았다.

히트의 공연은 악당의 공연보다도 반응이 없었다. 그는 얼굴에서 떨어진 오이를 씹으면서 네 번째 소극장으로 이동했다. 그는 그래도 세 번째 무대에서 대사를 끝까지 읊을 수 있었다는 사실에 고무되었다.

히트가 소극장의 통로를 지날 때 손잡이를 잡고 흔들거리는 관객들이 축 늘어진 고깃덩이 같았다. 그는 길게 뻗은 도살장 같은 통로를 걸었다. 바람을 가르는 소리, 텅텅거리는 쇠의 마찰음 속에서 관객들은 쇠꼬챙이에 꽂힌 고깃덩이처럼 출렁거렸다.

공연을 거듭할수록 관객들의 입에서 나는 술 냄새가 진해졌고, 손잡이에 매달린 관객들의 벌건 눈은 초점을 잃어갔다. 그는 또 다른 소극장으로 이동하다가 잠시 창밖의 풍경에 눈길을 주었다. 저 멀리 작은 동네의 불빛이 스쳐 지나갔고, 유흥가의 네온사인이 지나갔고, 다시 어두운 지하의 콘크리트벽에 부착된 파이프가 물결처럼 출렁거렸다. 창에 그의 모습이 반사되었다. 그는 피에로 분장을 하고 있었다.

관객들은 호기심에 찬 눈으로 히트를 바라봤다. 문이 열리자 공연을 관람한 관객들이 빠져나갔고 다시 공연을 보려고 들어서는 관객들이 빈자리를 채웠다. 객석은 만석이었고 통로에도 관객들이 꽉 들어찼다. 바닥에 앉은 여중생 관객도 있었다. 반항기를 뽐내듯 앞머리를 아주 짧게 자른 여학생은 어른 흉내를 낸 의상을 입고 시끄럽게 조잘댔다. 그는 중학생의 수다에 귀를 기울이다가 움찔했다.

"좆나 재수 없다. 옆에 새끼 왜 자꾸 들이대냐."

그는 용기를 내서 객석을 일일이 돌며 동정심을 끌어냈다. 멋진 대사보다는 불쌍해 보이게끔 인사를 하며 굽실거렸다. 그러는 중에 다시 소극장의 출입문이 일제히 열렸다. 문이 닫히고 있을 때 말끔하게 생긴 사십 대 회사원이 문을 비집고 억지로 소극장에 올랐다. 회사원은 가쁜 숨을 내쉬며 소극장 안에 술 냄새를 퍼트렸다.

회사원 앞에는 풍만한 여인이 힘겹게 손잡이를 붙잡고 있었다. 그는 오이 분장을 한 채 관객 속에 섞여 관객의 호기심 어린 시선을 미소로 받아냈다. 그가 관객에게 채칼을 파는 동안 회사원은 여자 뒤에 바짝 다가섰다. 회사원은 여자의 풍만함을 음미하기 시작했다. 뜨거운 콧김과 술 냄새가 여인의 뒷목을 타고 넘어갔다. 회사원은 여자의 엉덩이를 슬쩍 만졌다. 깜짝 놀란 여자가 뒤를 돌아보는 순간 회사원은 옆으로 살짝 피했다. 여자는 회사원 뒤에 서 있던 그와 눈이 마주쳤다. 졸지에 그는 추행범이 되고 말았다. 여인이 신경질적으로 발작하며 커다란 가방으로 그의 얼굴을 밀쳤다. 그는 휘청거리며 넘어지지 않으려고 옆에 있던 아줌마의 허리를 붙잡았다. 여자가 다가와서 가방으로 그의 어깨를 때렸다.

"야, 이 미친 새끼야."

그는 관객의 다리에 걸려 뒤로 넘어졌다. 누군가 그의 다리를 건 것 같았다. 그는 펀치를 맞고 넘어진 권투선수처럼 허둥대다가 겨우 일어났다. 허리를 굽혀 오이조각을 주울 때 앞에 앉아 있던 노인이 큰소리로 그를 나무랐다.

"신고해! 저런 놈은 혼쭐이 나야 해."

그는 바닥에 떨어진 오이를 줍다 말고 다음 소극장으로 도망갔다. 소극장의 문이 열리고 닫혔다. 그는 새로 들어온 여자 관객의 짧은 치마와 엉덩이에 시선이 갔다. 여자의 손에 갓 구운 피자가 들려 있었다. 피자상자에서 고소한 치즈냄새가 났다. 그의 뱃속에서 요란한 소리가 나면서 속이 쓰렸다. 그는 긴장한 탓에 점심을 먹지 못하고 극장으로 달려왔다. 길게 연결된 소극장 통로는 거대한 지렁이의 내장 같았다. 도시의 지하를 맴돌며 끊임없이 먹고 배설하는 왕성한 소화기관. 그는 그 소화기관을 돌며 공연을 하는 배우였다.

다섯 번째 무대에서도 배우가 공연 중이었다. 이번 배우는 늙은 선동자였다. 배우가 관객을 사로잡으려고 하면 할수록 관객은 찡그리며 외면했다. 배우는 정치색 짙은 발언을 하다가 결국 젊은것들은 한심스럽다는 저주를 퍼부었다. 관객들은 재미가 없는지 극이 끝나자마자 소극장을 우르르 빠져나갔다.

객석 구석에서 기둥을 붙잡고 있는 할머니가 측은해 보였다. 할머니는 나이보다 젊어 보이는 외모였다. 그래서 경로석에서도 밀려난 모양이었다. 할머니의 머리는 염색기가 빠져서 마른 옥수수수염 같아 보였다. 주름진 손등에 크게 자리 잡은 검버섯이 보였다. 할머니는 다리가 아픈지 두리번거리며 계속 빈자리를 찾았다.

그는 어머니가 생각났다. 어머니는 치매전문 요양원에 있었다. 그녀는 매일 아침 거울 앞에서 머리를 롤러를 말고 보자기로 묶고 있을 것이다. 가끔 어머니를 보러 가면 어머니는 눈을 반짝이며 그를 쳐다보다가 머리모양이 어떠냐? 이 옷 색상이 어떠냐? 하며 그를 연인처럼 대했다.

다섯 번째 소극장에는 유난히 여자 관객들이 많았다. 그래서인지 그의 공연 소품인 채칼에 유독 관심을 보였다. 그는 얼굴이 화끈거렸다. 똑바로 서 있을 수 없었다. 그 때문에 붙어 있던 오이조각이 하나둘씩 바닥에 떨어졌다. 그는 대사를 생략하고 오이를 꺼내 채칼로 계속 저미며 무대를 한 바퀴 돌았다. 그는 일부러 통로에서 객석으로 바짝 다가섰다. 단아한 투피스 정장을 입은 관객의 무릎 위에 오이조각이 떨어졌다. 단발머리에 콧날이 오똑한 관객은 부드러운 곡선으로 이어진 겉눈썹이 매력적이었다. 그 관객이 채칼에 관심을 보였다. 관객은 그에게 천 원짜리 두 장을 건넸다. 그는 채칼 두 개를 상자에서 꺼내 관객에게 건네고 여섯 번째 소극장으로 이동했다.

여섯 번째 공연장은 강남역이었다. 벌써 을지로 순환선 한 바퀴를 돌았다. 강남역 근처엔 w의 연습실이 있었다. 문이 열리고 또 하나의 문이 열렸다. 삶의 기회가 열리듯 문이 열리자마자 물결이 퍼져나가고 새로운 물결이 흘러들어 왔다. 객석에 앉은 젊은 여자들이 모두 w처럼 생겼다. 계단을 뛰어내려 온 아줌마가 가까스로 출입문에 어깨를 밀어 넣어 소극장에 올랐다. 그는 아줌마가 자신의 공연을 놓치지 않으려 달려왔다고 생각했다.

"승객 여러분 안녕하십니까?"

목소리를 크게 하려고 해도 여전히 힘이 없었다.

"깨끗하고 탄력 있는 얼굴을 위해 집에서 오이마사지 많이들 하시죠? 오이의 수분이 피부에 잘 전달되려면 0.7mm의 두께가 가장 적당합니다."

떨리던 목소리가 갈라지기까지 했다. 빠르게 오이를 채칼로 한손 가득 저며 팔뚝에 척척 갖다 붙이자 오이의 상큼하고 비릿한 향이 소극장 전체로 퍼져 나갔다.

"자, 보세요, 이렇게 간편하게 저며서 붙여보세요. 절대 떨어지지 않습니다. 천원, 천 원짜리 한 장만 받습니다."

기다란 오이는 벌써 반토막으로 줄어들었다. 어느 관객이 오이 채칼을 보고 국산이냐고 물었다. 그는 수출하는 제품이라고 얼버무렸다. 채칼을 들고 객석을 거의 다 돌았을 때, 출입구 쪽에 앉아 있는 w가 보였다. 그녀는 모자를 쓰고 이어폰을 끼고 있었다. 무대에 올라 첫 대사를 하기 직전보다 심장이 더 요동쳤다. 어느 관객이 반대편에서 채칼을 보자고 했다. 그는 w를 지나쳐 가야 했다. 얼굴에 저민 오이를 빈틈없이 붙이고 채칼을 꺼내면서 온 정신을 모아 w를 살폈다. 그때 w가 벌떡 일어나더니 그에게 다가와 천 원짜리 한 장을 내밀었다. 그는 엉겁결에 채칼 하나를 건네다가 w와 눈이 마주쳤다. 그녀는 고개를 숙이고 채칼을 받았다. 그의 얼굴에서 오이 몇 조각이 힘없이 떨어졌다. 그녀는 채칼을 핸드백에 넣고 무대에서 퇴장했다. 문이 닫히고 소극장이 움직였다. 그녀는 층계를 오르면서 그를 뚫어지게 쳐다보더니 고개를 떨어뜨리고 계단을 천천히 올라갔다. 소극장은 그녀의 뒷모습을 바라보는 그의 시선을 길게 늘어뜨리며 속도를 냈다.

소극장 밖에서 어느 사내가 손을 흔들었다. 그러자 소극장 안에서 남자를 마주 보던 여자가 웃으며 손을 흔들었다. 소극장은 다정한 연인을 빨리 갈라놓으려는 듯 터널 속으로 빨려 들어갔다. 소극장 안의 스테인리스 기둥이 반짝 빛나면서 흔들거렸다. 그는 덜컥거리는 쇠 바퀴소리에 귀를 기울이다가 차창 밖으로 보이는 도시의 뒷골목을 멍하게 바라봤다. 소극장은 가만히 있고 세상이 빙글빙글 돌아가는 것 같았다. 사람들은 소극장에서 만나고, 헤어지고, 뒤엉키면서 큰 물결에 휩쓸리고 그 물결이 사람들을 더 멀리 퍼지게 했다.

일곱 번째 소극장으로 이동하니 객석에 빈자리가 많았다. 노숙자 분장을 한 배우가 맞은편 객석에 누운 채 소극장 객석의 한 줄을 점거하고 있었다. 관객들은 악취를 풍기는 배우에게서 멀리 떨어져 앉았기 때문에 그 배우가 누운 객석이 무대가 되어버렸다. 그는 잠시 관객이 되어 배우를 관찰했다. 두 다리를 쭉 뻗고 누운 배우는 세상 근심 다 날려버린 표정을 지으면서 잠자는 연기를 하고 있었다. 검게 그을리고 주름진 얼굴, 뭉치고 엉킨 머리칼에서 삶의 피로가 느껴졌다. 그가 대사 하나 없이 삶의 고단함을 악취로 이야기할 때, 공익근무요원과 지하철수사대로 보이는 질서기동반이 소극장의 출입문을 열고 들어왔다. 그는 재빨리 객석에서 일어나 여덟 번째 소극장으로 이동하면서 얼굴 분장을 지웠다.

여덟 번째 소극장에는 마술사와 마술사의 조수가 그를 기다리고 있었다. 두 번째 소극장에서 만났던 마술사는 키가 크고 몸무게가 많이 나가 보이는 중년 사내였다. 마술사의 옆에서 양탄자를 펼치던 조수도 역시 키가 컸다. 바짝 마른 데다 등이 구부정해서 불쌍해 보이는 인상이었는데 눈매만은 날카로웠다. 그가 여덟 번째 소극장으로 넘어오자 마술사와 조수가 양쪽에서 그를 포위했다.

"이번 역에서 내려. 얘기 좀 하지."

"왜 이러시는 거죠?"

마술사의 조수가 그의 팔짱을 단단하게 꼈다. 마술사는 껌을 질겅질겅 씹고 있었다. 껌을 방금 입에 넣었는지 침을 삼킬 때마다 사과 향과 구취가 동시에 풍겼다.

"내려서 우리랑 얘기 좀 하자니까."

소극장이 멈추고 출입문이 일제히 열렸다. 객석으로 들어오는 관객들이 그와 마술사를 이상한 눈초리로 쳐다봤다. 그는 마술사와 조수에게 이끌려 극장에서 내렸다. 스크린도어가 닫히고 객차가 출발했다. 그는 채칼이 담긴 기다란 종이상자를 안고 마술사와 조수에게 끌려갔다.

"얘기하자면서요. 여기서 얘기해요."

"잔말 말고 따라와 이 새끼야."

그는 승강장 천장에 달린 CCTV를 향해 손을 흔들었다. 그동안 무심했던 지하철 승강장의 CCTV가 반가웠다.

"이 새끼, 맞아 뒈지기 전에 얌전히 따라와."

끌려갈 때 지나치는 사람들과 광고판이 흐릿하게 보였다. 초점이 맞지 않은 사진처럼 선명하게 포착되지 않은 사람들이 흘러갔고, 객차가 승강장에 들어오는 소리가 끊겨서 들렸다. 환승역 광장을 지나 계단을 내려가서 모퉁이를 돌았다. 도착한 곳은 엘리베이터 탑승구 뒤쪽이었다. 마술사와 조수는 CCTV의 사각지대를 알고 있었다. 그들은 히트를 구석에 몰아넣고 도망가지 못하도록 앞을 막아섰다. 마술사의 조수가 히트의 어깨띠를 잡아채서 둘둘 말더니 그의 얼굴에 던졌다. 어깨띠는 히트의 뺨을 때리고 바닥에 떨어졌다. 비닐재질의 어깨띠가 스프링처럼 뒤틀리며 바닥에 펴졌다. 그는 몸이 오그라들고 등골이 서늘해졌다. 마술사가 껌을 씹으면서 말했다.

"이 씨불놈아."

그는 몸이 떨려서 조용히 숨을 내쉬어야 했다. 그리고 정중하게 물었다.

"도대체 왜 그러시는 거죠?"

"공연기금 마련 좋아하네."

"진짜예요."

"젊은 노무 새끼가. 벌어먹을 게 그렇게 없어?"

조수가 그의 배를 걷어찼다. 그는 맥없이 주저앉아 몸을 웅크리고 꼼짝하지 않았다. 마치 천적을 만난 벌레가 죽은 척하는 듯했다.

"여기 내 구역이야. 이 씨불놈아. 장사를 하고 싶으면 권리금을 내고 하던가."

"몰랐습니다. 정말 몰랐습니다."

그는 바닥에 대고 굽실거리면서 이 상황이 한 편의 연극 같다고 생각했다. 그의 떨리는 목소리가 바닥을 타고 울렸다.

"너 다시 한 번 걸리면 죽을 줄 알아."

조수는 기다란 종이상자를 그의 머리 위로 집어던졌다. 채칼과 저민 오이조각이 등 뒤로 굴러 떨어졌다. 지나가던 사람들이 채칼과 오이조각을 신기한 듯 바라봤다.

"정식으로 장사하고 싶으면 이리 전화해라."

조수는 명함을 한 장 꺼내 그의 뒷목에 꽂았다.

"형님, 갑시다."

히트는 일어나서 바닥에 흩어진 채칼과 오이조각을 주워담았다. 못 본 척하던 사람들이 그제야 고개를 돌려 그를 힐끔거렸다. 그는 여전히 예상 못한 펀치를 맞고 쓰러진 권투선수 같은 표정을 하고 있었다. 사람들이 그를 중심으로 둥글게 모였다. 지나가던 사람들이 무슨 일인가 보려고 둥글게 모인 사람들 뒤로 계속 몰려들었다. 순간 그는 창피해서 얼굴이 붉게 달아올랐다.

"뭘 봐 시발, 구경났어?"

그러나 그의 목소리는 입안에서 맴돌기만 했다. 아무도 겁을 먹거나 피하지 않았다.

"모른 척할 것이면 끝까지 모른 척할 것이지."

그는 세상이 자신의 머리 위에 있는 듯했다. 지하철 승강장에서 선로 아래로 떨어진 것 같은 기분이었다.

언젠가 새벽녘에 전철을 기다리다가 선로에 손가방을 떨어뜨린 적이 있었다. 그땐 승강장에 스크린도어가 설치되기 전이었다. 그는 겁도 없이 선로 아래로 훌쩍 뛰어내렸다. 발이 선로에 닿기까지 거리감이 상당했다. 선로에서 승강장까지는 가슴 정도의 높이였다. 선로에서는 발을 딛고 올라설 지지대가 없어서 도무지 승강장으로 올라갈 수가 없었다. 그때 열차가 들어오면서 경적이 울렸다. 그는 승강장 끝 비상계단을 향해 레일을 따라 뛰었다. 그는 전동차 불빛이 선로를 환하게 밝혔을 때 가까스로 승강장 위로 올라설 수 있었다.

히트는 종이상자를 버리고 승강장을 빠져나왔다. 지하철역 출구로 올라가면서 고개를 숙였다. 에스컬레이터를 타고 지상으로 올라갈 때 엇갈려 내려가는 사람들은 자신을 모를 것이지만, 누군가 더듬거리며 대사를 외우던 모습을, 마술사에게 수모를 당하던 모습을 봤을지도 모른다는 생각이 들었다. 지상으로 나와 버스정류장을 향해 걷는데 구두가 바닥에 달라붙었다. 구두를 바닥에 여러 번 문지르고 걸어도 마찬가지였다. 편의점 불빛 앞에서 구두를 뒤집어 보았다. 하얀 껌이 뒷굽에 달라붙어 있었다. 광고전단 한 장을 주워 여러 번 접은 다음 뒷굽에 달라붙은 껌을 긁어냈다. 껌의 속살이 늘어지면서 사과향이 났다. 자신을 향해 껌을 뱉었던 마술사를 떠올렸다. 그는 그제야 욕지기가 일면서 손이 떨려왔다. 구두를 잡고 보도블록에 문질렀다. 구두 뒷굽에 달라붙은 껌이 떨어져 나가고 나서도 뒷굽이 닳도록 문질렀다. 껌이 떨어져 나갔을 때 다양한 피켓을 든 수십 명의 사람이 편의점 앞으로 몰려들었다.

사람들은 편의점 앞에 놓인 벤치를 중심으로 둥글게 모여 앉았다. 지나가던 사람들이 둥글게 모여 앉은 사람들에게 무슨 시위냐고 물었다. 둥글게 모여 앉아 있던 사람 중 한 명이 일어나서 말했다.

"오늘은 '제너럴 어셈블리' 연대에서 제안한 점거의 날입니다. 점거의 대상은 정해져 있지 않습니다. 지역별로 일정한 시간에 자신의 처지를 알리는 피켓을 들고 모여 길을 가다가 적당한 장소가 눈에 띄면 바로 점거에 들어가는 것입니다. 우리는 둥글게 모여 앉아 가슴속 이야기를 나누는 것입니다. 자기 이야기를 들어줄 사람이 필요한 사람들이 모여 자기 처지를 통해 체제를 고발하는 겁니다. 자신의 처지를 말하고 다른 사람의 처지에 귀를 기울이고 가슴을 여는 것. 함께 모여 이야기하면서 자신을 이해하는 기회를 얻는 것이 오늘의 행동강령입니다."

단순히 어떤 장소를 점거하는 행동 자체가 의미 있어 보였다. 아마 온종일 점거를 시도했다가 실패하고 결국 지하철역 주변으로 이동한 모양이었다. 몇몇 사람들은 이곳까지 오는 동안 오래 걸어서 발이 부었는지 신발을 벗고 바닥에 신문지를 깔고 앉았다. 편의점이 입점한 빌딩은 대기업 통신사 사옥이었다. 퇴근시간이었다. 지하철역으로 향하던 사람들이 잠시 멈춰 서서 편의점 앞에 둥글게 둘러앉은 사람들을 의아하게 쳐다봤다. 그는 둘러앉은 사람들을 구경하는 사람의 어깨너머로 자신들의 목소리로 권리를 찾는 사람들을 바라봤다.

야구모자를 눌러쓴 이십 대의 여자가 피켓을 목에 걸고 일어나서 이야기했다. 그녀의 목에는 "빚쟁이 대학생이 아닌 빛나는 청춘이고 싶다."라고 쓰여 있었다. 빌딩 유리에 사람들의 모습이 반사되었다. 희미한 가로등 불빛이었지만 히트에게는 사람들의 표정이 너무도 선명하게 다가왔다. 그는 스마트폰을 꺼내 사람들을 찍고, 거리를 찍고 빌딩유리에 반사된 광경을 찍었다.

빙 둘러앉은 사람들 가운데 서서 이야기하는 여자는 무대에 올라 멋진 대사를 읊는 주연배우 같았다. 히트는 여자의 구구절절한 사연을 잘 알아들을 수 없었다. 자신이 사람들 앞에서 이야기하는 것처럼 온몸에 소름이 돋았기 때문이었다. 그는 여자가 이야기하는 동안 첫 공연의 악몽이 떠올랐다. 그날 막이 오르고 스폿조명을 받았을 때처럼 긴장감이 감돌았다. 지금은 하루살이들이 가로수 주변에 몰려 정신없이 날아다니면서 자신의 시야를 가로막았지만, 그때는 조명이 서서히 밝아오면서 공연장을 떠돌던 먼지들이 춤을 추기 시작했다.

그는 무대에 서서 w의 얼굴을 똑바로 바라보면서 멋지게 연기하고 싶었다. 그러나 객석에 앉은 w를 발견하자마자 대사를 까먹어 버렸다. 그는 첫 공연을 위해 연습을 많이 했었는데도 갑자기 크게 외쳐야 하는 대사가 생각나지 않았다. "내가 무대를 만들고 내가 그 중심에 우뚝 설 것이다." 간단한 대사였는데 왜 말문이 막혔을까.

여자는 이야기하다가 울먹이더니 말을 잇지 못했다. 잠시 후 여자는 활짝 웃으면서 자기 이야기를 들어줘서 고맙고 오늘 함께해줘서 고맙다고 말했다. 사람들이 손뼉을 치며 환호했다. 그는 모여 있던 사람들이 모두 사라질 때까지 계속 스마트폰으로 사진을 찍었다. 편의점 앞에 놓인 벤치를 중심으로 둥글게 모여 앉아 있던 사람들은 새로운 곳을 점거하기 위해 길을 떠났다. 그는 텅 빈 광장에 홀로 서 있는 기분이었고 어떤 벽에 부딪혀 답답하던 가슴이 활짝 열리는 것 같았다. 그는 오늘은 배우가 되어 연기했으니 내일은 온종일 빌딩 유리에 반사된 사람들을 캔버스에 옮겨야겠다고 마음먹었다.

I just look over this wall 45cmX53cm oil on linen 2016

반사적 선택

히트의 차가운 시선

거울이미지가 아니면서도 위아래로 서로 바라보는
반사의 시각으로 본질에 접근한다.
반사에서 나타나는 위아래라는 관습적인 관념과
판단을 해체하며 새로운 시각의 가능성을 생각한다.
관객은 서로 어울리는 또는 기이한 관계 속의 풍경과 사건을 동시에
보면서 가상 속에 갇혀 있다는 느낌과 함께 또 다른 세계를 경험한다.
반사를 경험하면 선택의 문제가 남는다.
인간의 삶은 환경적 선택과 행동이 필요하다.
어떤 선택을 하는 순간 나머지 한쪽은 갈등을 만드는 요소가 되는
경우가 많다. 반사적 선택. 그 선택의 과정을 파고드는 이야기.

Free will
162cmx130cm
oil on linen 2013

히트의
차가운 시선

히트는 붓을 팔레트에 내려놓고 m의 사진을 뚫어지게 바라봤다.
잠시 후 그는 캔버스 옆에 붙여두었던 m의 사진을 뜯어냈다. 찢어
진 사진을 구겨버리고 도구함의 서랍을 열었다. 제일 먼저 손에 잡
힌 것은 목탄을 담아 놓은 상자였다. 요즘 들어 사물을 촉각으로 판
단하는 것에 익숙해졌다. 어느 날 야맹증이 심해진 것 같아 병원에
서 정밀검사를 받아보니 빛을 느끼는 세포가 퇴화하고 있었다. 왼
쪽 눈은 주변의 시야부터 점점 보이지 않는 터널현상이 시작되었다.
의사는 흰 지팡이 훈련을 미리 하라고 했다. 그가 제일 먼저 시작한
훈련은 눈으로 사물을 애써 판단하지 않고 손끝의 감각으로 사물을
구분하는 훈련이었다.

그는 목탄상자를 열고 손가락 끝으로 내용물을 확인한 다음 벽으로 갔다. 한쪽 벽면 가득 커다란 종이가 붙어 있었다. 그는 목탄을 꺼낸 다음 눈을 감고 손을 뻗었다. 목탄이 종이에 닿았다. 손을 조금씩 움직여 선을 긋기 시작했다. 점차 팔이 위아래로 움직이기 시작했다. 팔에 힘이 들어가면서 목탄이 부러졌다. 그는 짧아진 목탄으로 더 진한 선을 그어댔다. 짧은 목탄은 얼마 가지 못해 바스러지고 말았다.

한 달 가까이 붓을 들고 캔버스에 m의 상반신을 담아보려고 시도했지만, 도무지 m의 형상이 잡히지 않았다. 시력이 떨어지면서 모든 감각이 무뎌지기 시작했다. 요즘 들어 캔버스 앞에 앉으면 작품에 대한 메시지를 뚜렷하게 담아야 한다는 강박감이 생겨 자유롭게 뻗어나가던 생각이 사라지곤 했다. 그럴 땐 붓을 내려놓고 커다란 종이를 벽면 가득 붙였다. 벽면을 거대한 스케치북으로 만들고 무의식적 드로잉을 했다. 아무 생각 없이 손이 가는 데로 선을 그어대면 선과 선이 겹쳐지며 오묘한 형상이 드러났다. 오묘한 형상들이 서로 연결되면서 또 다른 형상을 만들어 냈다. 마치 세포분열을 통해 증식하는 세균처럼 화면을 가득 채워 나가는 선들이 튀어나올 듯이 꿈틀거렸다. 오랜 시간 공들여 붓질한 화면보다 온몸을 움직여 그어대는 선이 더 깊이 있어 보였다.

무의식적 드로잉을 할 때 선을 그릴 수 있는 도구라면 가리지 않았다. 손에 잡히는 도구를 들고 벽에 달라붙어 선을 그어댔다. 눈을 감고 손이 가는 데로 암흑에서 희미하게 떠다니는 어떤 윤곽을 따라 손을 놀렸다. 어느 순간은 그의 귀에 장엄한 연주곡이 들렸다. 그의 손은 연주곡을 따라 움직였다. 유성이 떨어지듯 포물선을 그리며 뻗어나가다가 무수히 많은 선으로 갈라졌다. 유성의 파편들이 다시 어느 한 점으로 모이기를 수없이 반복한 끝에 선은 계속 엉키고 겹쳐지면서 차츰 사람의 형상이 되었다. 점점 선명해지는 사람의 형상은 그를 닮은 얼굴이었다. 그는 눈을 뜨고 바닥에 주저앉아 숨을 몰아쉬었다. 그의 얼굴을 타고 땀과 눈물이 흘러내렸다. 눈물 때문에 자신을 닮은 형상의 눈이 더욱 확대되어 보였다. 거대한 눈이 자신을 노려보고 있었다. 언제나 자신을 맴돌며 노려보던 눈이었다. 마치 자신이 자기의 바깥으로 나와 자기를 바라보는 느낌이었다.

히트는 벽에서 멀찌감치 떨어져 왼쪽 눈을 감고 자신이 그린 드로잉을 바라보았다. 생각에 잠겨 수염이 수북이 돋은 턱을 긁적거리다가 숨을 크게 들이마셨다. 그는 물속에 들어온 것처럼 숨을 참고 있다가 내뿜은 다음 다시 캔버스 앞으로 가 앉았다. m의 사진을 확대 프린트한 종이를 캔버스 옆에 붙였다. 얇은 붓을 들어 팔레트에 손이 가는 데로 노란색 물감을 푹 찍은 다음 m의 외곽선을 캔버스에 그려보았다. m은 잘 잡힐 것 같았지만 잘 잡히지 않았다. m의 특징을 캔버스에 옮기려 하면 할수록 m을 닮기는커녕 전혀 다른 사람의 형상이 캔버스에 자리 잡았다. 그는 선을 긋던 얇은 붓에 묻은 물감을 걸레로 닦고 나서 붓을 석유통에 담갔다. 그는 한동안 멍하니 캔버스를 바라보다가 일어나서 붓을 꽂아 놓은 화병에서 손바닥만 한 평붓을 꺼내 들었다. 평붓으로 팔레트에 짜놓은 유화 물감을 단숨에 흩트려 버린 다음 마구 휘저었다. 팔레트에 짜놓은 원색의 물감이 뭉개지고 뒤섞여 청회색으로 변했다. 그는 평붓에 청회색 물감을 잔뜩 묻혔다. 캔버스에서 붓을 떼지 않고 m의 머리끝부터 허리까지 한 번에 그렸다. 평붓의 넓은 면적이 휘어지고 옆으로 퍼지면서 만들어낸 m의 형상은 마치 뜨거운 열을 받아 녹아내리는 밀랍인형 같았다. 그는 캔버스에 그려진 m의 형상을 바라보다가 붓을 내려놓고 소파로 가서 눈을 감았다. 암흑에서 m의 형상이 어른거렸다. m의 형상이 담배연기처럼 피어올라 희뿌옇게 퍼지면서 피로가 밀려왔다.

히트가 잠에서 깼을 땐 날이 컴컴하게 저물어 있었다. 그는 쉬고 싶었지만 작업을 중단할 수 없었다. 내일은 그림을 완성하기로 m과 약속한 날이었다. 그는 무슨 일이 있어도 m의 형상을 잡아내야겠다고 마음먹었다. 그는 평 붓으로 팔레트의 유화 물감을 쓸어 모아 캔버스를 청회색으로 빈틈없이 칠했다. 녹아내릴 것 같은 m의 형상은 덧칠되어 흔적도 없이 사라졌다. 그는 청회색으로 말끔하게 칠한 캔버스를 창고에 세워 두었다. 창고에는 m의 형상 위에 배경색을 말끔하게 덧칠한 캔버스가 가득했다.

새로 꺼낸 캔버스를 이젤에 올려놓고 팔레트를 닦고 물감을 정리했다. 평 붓으로 석유통에 가득한 시커멓게 변한 석유를 팔레트에 떨어뜨린 다음 걸레로 남아있는 유화 물감을 말끔히 닦아냈다. 히트의 팔레트를 보고 감동한 사람은 헤어진 y였다. 그가 그녀를 작업실에 처음 데려갔던 날은 건물 주인이 월세를 올려달라고 했던 날이었다. 월세가 싼 곳으로 옮기고 싶었지만 주변에는 마땅한 곳이 없었다. 그는 정년이 보장된 직장에 다녔던 y와 결혼에 대해 진지하게 생각했던 시기에 야맹증이 심해져서 병원에 갔다. 정밀 검사를 받았고 그 결과 망막세포변성증 진단을 받았다. 화가에게는 사형선고나 다름없었다. 히트는 온종일 멍하게 앉아 조금씩 퍼지는 암흑에 대해 상상하면서 아무것도 먹지 않았다. y가 연락하지 않았더라면 그는 굶어 죽었을지도 몰랐다.

히트는 자신의 그림을 보고 싶다는 y를 작업실에 초대했다. 암흑이 오기 전에 y를 감상하고 싶었다. 그녀의 몸 구석구석 솜털까지 관찰해서 기억하고 싶었다. 하얗고 둥근 그녀의 엉덩이를 쓰다듬고 싶었고 한 줌의 까만 음모를 입에 넣고 싶었다. 그녀를 만났던 날 작업실로 가기 전에 술을 마셨다. 그녀와 뜨겁게 데운 사케 도쿠리 한 병을 다 마셨을 때 체온이 올라가면서 기분이 좋아졌다. 그는 자신의 자랑을 늘어놓기 시작했다. 그녀는 물기를 꽉 짜낸 단무지를 씹어 먹었다. 그는 그녀가 고들고들한 단무지를 씹는 소리가 좋았다. 둔탁하고 청아함이 어우러진 소리는 그의 욕망을 자극했지만 서두르지 않았다. 그는 빈 도쿠리를 들어 잔에 기울였다. 한 방울의 사케가 술잔에 떨어졌다. 그가 도쿠리를 흔들면서 말했다.

"우리, 술이랑 안주 하나 더 시킬까요?"

"그만요. 취한 것 같아요, 빨리 그림 보고 싶어요."

"그럼 맥주 사서 가요."

그가 계산을 마치고 주차장에 세워놓았던 차에 올랐을 때 그녀는 자동차 뒤창에 붙여놓은 문구를 보고 있었다. '미래의 피카소가 타고 있어요.' 그녀는 차를 타지 않고 운전석 옆으로 가서 말했다.

"택시 타고 가요. 당신은 미래의 피카소잖아요."

"맞아요. 전 오래 살 겁니다."

그는 작업실에 도착하자마자 비평가에게 호평받은 그림들을 벽에 세워 놓고 자신이 추구하는 반사이미지에 대해 이야기했다. 그의 그림을 유심히 바라보던 y가 그림을 들고 반 바퀴를 회전한 다음 내려놓았다.

"위아래가 똑같은 게 예술인데요. 어느 쪽을 먼저 그렸나요?"

그는 y를 바라보며 미소 짓고 나서 눈을 가늘게 뜨고 그림을 바라보았다.

"아마도…… 이쪽인 것 같습니다."

"아, 그러니까 이쪽을 먼저 그리고 똑같이 복사한 거구나."

"복사가 아니고 반사입니다."

"거울의 의미인가요?"

"거울의 반사는 아니고요. 시선을 이야기하는 겁니다."

"그러니까, 거울처럼 반대로 왜곡되는 시선이요?"

"내가 이야기하고 싶은 것은 모두 다르게 생각할 수 있다는 시각의 반사이지 왜곡되어 보이는 것을 의미하는 것은 아닙니다.

"재미는 있는데 어려워요."

"옆에 있는 그림을 자세히 보세요. 반사가 한 번 더 꼬인 경우인데 바라보는 시선이 다양하다는 의미입니다.

y는 자리를 옮겨 동유럽의 어느 도시를 연상시키는 거리에 시위 군중이 가득한 장면을 그린 그림을 유심히 바라봤다. 그녀 옆에 바짝 다가선 그가 말했다. 그의 뜨거운 체온을 느낀 그녀는 고개를 돌려 그를 바라봤다. 귀가 분홍색으로 달아오른 그가 말했다.

"바탕에 반사되어 투영되는 장면의 의미는 자유의지를 표현한 것입니다."

"나를 유혹하는 것은 어떤 의지인가요?"

"욕망의 반사죠."

그는 그녀를 소파로 데려가려는 듯 그녀의 손을 잡아끌다가 키스

했다. 입술의 감촉이 짜릿하게 느껴지는 순간 그녀의 얕은 신음이 들렸다. 그는 몸이 팽팽하게 긴장되었다. 그녀는 그를 밀쳐내고 나서 말했다.

"입술이 멍들겠어."

그가 무안한 표정으로 말했다.

"맥주 마시면서 자유의지에 대해 얘기할까요?"

그녀가 손을 뿌리치며 말했다.

"오늘은 당신의 작품만 감상하고 싶어요."

"나는 당신을 가까이서 감상하고 싶어요."

"기분이 별로예요."

"암흑이 오기 전에 당신을 기억하고 싶어요."

그가 그녀에게 다가서자 그녀가 돌아서며 말했다.

"저 작품이 감동적이에요."

그녀의 시선을 사로잡은 것은 팔레트였다. 탁자에 하얀 종이를 깔고 그 위에 유리판을 얹어 만든 팔레트였다. 그녀는 팔레트 앞으로 다가갔다.

"물감이 살아 숨 쉬는 것 같아요. 몇 년 동안 써온 거죠?"

"이십 년 정도 썼을 걸요."

"아직 청년인데 태고의 신비가 느껴져요."

"그 정도까진 아닌 것 같은데요."

"살아있는 작품이에요. 마르지 않는 작품, 말라서는 안 되는 작품."

그녀가 신비롭게 여긴 팔레트는 그의 곁에서 층을 더해 가고 있었다. 팔레트 위의 물감은 석회동굴의 종유석처럼 자라났다. 그가 처음부터 팔레트에 말라붙은 물감을 나이프로 긁어내지 않은 이유는 항상 그 자리에 그 색의 물감이 자리 잡고 있어야만 그림이 생각하는 대로 표현되었기 때문이었다. 팔레트에 말라붙은 물감 위에 다시 짠 물감은 대부분 그림을 그리는 동안 소진되었지만 어쩌다 남는 물감도 있었다. 남은 물감은 계속 말라붙어 석회암 동굴 천장에 붙어 자란 종유석이나 동굴 바닥에서 올라온 석순을 연상시켰다. 팔레트를 감상하던 그녀는 뛰는 가슴을 진정시키고 그에게 물었다.

"석회 동굴에 가본 적 있어요?"

"아뇨, 폐소공포증이 있어서."

"석회 동굴 천장의 종유석은 아래로 내려오고 동굴 바닥의 석순은 위로 올라간대요."

"서로 만날 수도 있겠네요."

"종유석과 석순이 만나 결합하면 아름다운 석주가 돼요. 석주들이 많은 석회 동굴에 들어가면 천국에 온 것 같아요."

그날 이후로 y는 연락이 없었다. 그는 자신이 암흑을 맞고 있다고 고백하려다가 사랑을 구걸하는 것 같아 그만두었다.

그는 y와의 추억을 지우려는 듯 걸레로 팔레트를 깨끗하게 닦으면서 생각했다. 나에게 왜 암흑이 오는 것일까. 간 기능이 약해져서일까. 간이 노폐물을 잘 걸러줘야 하는데 그러지 못해 탁한 피가 순환하다가 안구의 실핏줄을 못살게 굴어 빛을 받아들이는 통로가 좁아지고 있는 것일까. 그는 갑자기 석유를 팔레트가 넘칠 정도로 부었다. 불을 붙여버리고 싶은 충동이 일었지만 참았다.

　한 달 전 m이 히트를 찾아왔다. 아침부터 마른 땅에 빗방울이 흩뿌려졌다. 오후가 되자 먹구름이 걷혔다. 그는 창을 열고 비 냄새를 맡았다. 햇살이 그의 이마를 스쳤다. 그는 비냄새를 마음껏 맡으려고 작업실 밖으로 나갔다. 빗물이 고인 웅덩이에 그림이 그려져 있었다. 그는 주위를 둘러보았다. 선명한 햇살을 받은 나뭇잎이 반짝거렸다. 웅덩이에 햇살이 아른거려서 그런지 마치 햇살이 땅에서 퍼져 나오는 것 같았다. 웅덩이에 반사된 풍경은 실제 풍경과 달랐다. 땅의 굴곡을 따라 형태가 과장되거나 왜곡된 부분도 있었고 두껍게 덧칠한 유화처럼 보이는 부분도 있었다. 웅덩이에 고인 물은 시각의 필터 역할을 하고 있었다. 그는 웅덩이에 반사된 풍경과 실제 풍경을 비교해 보았다. 웅덩이에 반사된 풍경이 현실 같았고 오히려 실제 풍경은 환상 같았다. 그는 눈이 더 나빠지기 전에 웅덩이에 반사된 장면을 그림으로 표현해야겠다고 마음먹었다. 실제이지만 환상 같은 풍경과, 반사되어 왜곡되었지만 현실 같은 풍경을 어떻게 표현할지 고민했다. 그러나 아무리 생각해도 실마리가 잡히지 않았다. 그러다 문득 웅덩이에 반사된 자신의 얼굴과 마주쳤다. 반사된 자신의 모습은 분열되어 있는 듯했다. 자신이 인식하고 있던 형상이 아니었다. 그는 자신이 인식하는 자신의 모습은 실제와 많이 다를 수 있다는 생각이 들었다. 자신이 보고 느끼는 것이 전부가 아니라는 생각에 더욱 고뇌에 빠졌다.

순간 웅덩이에 노란 양복을 입은 사내의 모습이 반사됐다. 그는 사내가 웅덩이 앞으로 다가서는 동안 인기척을 느끼지 못했다. 그는 불쑥 나타난 사내를 인식하고 천천히 고개를 들었다. 햇살이 눈부셔 사내를 똑바로 바라볼 수 없었다. 눈을 감았다가 떴다. 사내가 불현듯 머릿속 어느 구석에 숨어 있다 모습을 드러낸 것처럼 느껴졌다. 사내는 보인다기보다 떠오르는 느낌이었다. 어지러웠다. 땅과 하늘이 뒤바뀌고 다시 뒤바뀌고 그러다가 제자리를 잡는가 싶더니 바로 앞의 웅덩이가 바다로 보이는 환상이 펼쳐졌다. 그는 자신의 작품에 패러디했던 보티첼리의 〈비너스의 탄생〉이 떠올랐다. 눈앞에서 파도가 치고 거품이 일었다. 그는 휘청거렸다. 아래를 보니 자신이 조개껍데기를 타고 바다 위에 떠 있었다. 바람이 불었다. 그는 조개껍데기를 타고 해변으로 밀려나는 순간 정신을 차렸다.

"처음 뵙겠습니다."

그는 홀린 듯 고개를 들어 사내를 쳐다보았다. 사내가 그에게 손을 내밀었다. 그는 사내와 악수했다.

"누구신지요?"

"m이라고 합니다."

"절 찾아오신 건가요?"

"초상화 같은 자화상을 의뢰하러 왔습니다."

"뭐라고요? 그런데 저를 어떻게 알고 찾아오셨나요?"

"그동안 전시회를 지켜봤습니다.

그는 m이 자신의 작품에 관심이 있다는 사실에 경계심이 사라졌다.

"일단 안으로 들어가시지요."

작업실에 들어온 m은 찬찬히 실내를 둘러보았다. 작업실은 창으로 비쳐드는 햇빛이 그림을 그리는 중이었다. 그림은 마름모꼴의 문양들을 비스듬히 세워놓은 추상화 같았다. 실내의 모든 사물을 하나하나 살펴보던 m의 시선이 그에게 멎었다. 그는 온몸이 불타오를 것 같았다. 그가 m에게 말했다.

"저를 알고 찾아오신 건 고마운데 저는 초상화나 자화상을 그리지 않습니다."

"당신을 위해 그려야 합니다. 이것은 운명입니다."

"그게 무슨 말입니까?"

"당신은 매일같이 푸념하며 기도하지 않았습니까?"

"내가요? 뭐라고요?"

"죽어도 좋으니 불후의 명작을 남기고 싶다고."

"어떻게 알았습니까?"

"나는 당신의 간절한 소원을 들어주러 왔습니다."

"정말입니까? 시력을 돌려주실 수 있습니까?"

한순간 그의 눈길과 m의 눈길이 만났다가 떨어졌다.

"당신의 시력을 가져가는 것은 하늘의 뜻입니다."

그는 어지러운 듯 눈을 감고 주저앉아 있다가 한참 후에야 일어났다.

"어차피 저는 죽어 가고 있습니다. 빛을 보지 못하는 것은 죽음과 같으니까요."

"암흑이 오기 전에 명작을 남기십시오."

"불후의 명작은 좋은데, 저는 초상화나 자화상을 그려본 적이 없습니다."

m은 한쪽 벽 구석에 걸려 있는 그림을 가리켰다. 예수와 석가가 체스판에 왕으로 등장하는 그림이었다. 그가 체스를 소재로 그림을 그렸을 때는 암울한 시기였다. 전시회 일정도 없었고 그림을 가르치는 아르바이트도 끊긴 상태였다. m이 그 그림 앞으로 다가가며 말했다.

"이 작품 전시회 때 봤습니다. 내가 느끼는 이 작품의 매력은 예수와 석가의 같은 부분과 다른 부분이 상징적으로 잘 표현된 점입니다."

"그런가요. 저는 체스판을 그리면서 흑과 백, 이분법적 시각에서 벗어나고자 하는 자각으로 그렸습니다."

그는 그림을 감상하는 m의 모습을 관찰했다. 날씬하고 신사적인 몸가짐, 붉은 기가 도는 얼굴에 오똑한 코, 눈동자는 멀리서 보면 뻥 뚫린 것처럼 공허해 보였지만 가까이서 보면 예리한 눈빛이었다. m이 돌아서서 그를 바라보고 말했다.

"체스판에서 왕은 왕을 죽이지 않습니다. 그 기본적인 규칙을 예수와 석가를 등장시켜 잘 버무렸어요."

"무슨 말씀을 하시는지. 사실 저는 체스를 잘 모릅니다."

m이 눈을 홉뜨고 말했다.

"한 때 당신이 예순네 개의 정사각형 위를 가로지르는 내기 게임으로 돈을 벌었다는 사실을 알고 있습니다. 오직 흑과 백의 선택만이 존재하는 게임을 즐겼었죠?"

그의 귀가 분홍색으로 물들었다.

"그땐 하루 한 끼 먹기도 어려웠던 시절이었습니다. 제 뒷조사까지 하신 겁니까?"

"당연하죠. 자신의 영혼을 담보로 불후의 명작을 그릴 사람인데요."

"그렇다면, 아주 비싸게 받아야겠습니다."

"돈은 주지도 않고 받지도 않습니다. 대신 당신은 역사에 남을 명성을 얻고 그 대가로 죽어야 합니다."

"진짜 죽는다는 겁니까? 그렇게 죽일 것을 시력은 왜 뺏어가는 겁니까?"

"당신은 어차피 죽을 운명인데, 기도가 간절해서 명성을 주기로 한 겁니다."

"제가 정말 죽는다고요? 언제요?"

"그건 비밀입니다. 사람은 어차피 죽는 겁니다. 편하게 받아들이세요."

"농담도 잘하십니다. 그런데 초상화 같은 자화상이란 게 감이 잡히지 않습니다."

"이 세상에 처음 등장하는 개념의 그림입니다. 내가 생각하는 초상화 같은 자화상의 개념은 간단합니다. 실제란 덧없고 부정확한 것이기 때문에 그것을 꿰뚫어야 하고, 그림은 주체의 재현이 아니라 재현의 재현이라는 것입니다."

"간단하지 않은데요. 그런데 초상화와 자화상의 대상이 누굽니까?"

"접니다."

"둘 다요?"

"그렇습니다. 나를 그리면서 세상에서 가장 추한 남자로 표현해야 합니다."

"추하게요? 아름답게 그려달라는 것보다 힘든 작업입니다."

"아름다운 것은 추합니다. 추한 것은 아름답습니다."

"어떤 그림인지 모르겠지만 일단 스케치를 해 보면서 감을 잡아보겠습니다."

그는 m을 촬영하고 스케치했다. m을 의자에 앉혀 놓고 크로키를 하다가 사진을 찍고 다시 크로키를 하는데 거울을 보고 자신을 그리는 느낌이었다. 그가 m의 특징을 잡으려고 m을 뚫어지게 쳐다보는 순간 m도 그를 쳐다봤다. m은 거울 같았다. 거울 속의 m이 자신을 쳐다보는 느낌이었다. 거울 속에서 자신을 보는 m을 거울 앞의 그가 m을 쳐다보며 스케치했다. 그는 m을 스케치하면서 자신의 내면을 보는 듯했다. 그가 m의 몸을 자세히 그리면서 옷에 가려진 육체를 상상하자 m은 그의 생각을 알아차리기라도 한 듯 의자에 올라서서 옷을 벗었다. 나체가 된 m은 옷을 의자 밑에 잘 개어 놓고 다시 의자에 올라섰다. m의 투명하고 매끈한 피부는 선명한 노란빛을 발산했다.

"누드를 그릴 생각은 아닌데요."

"나를 정확하게 보셔야 합니다. 내면까지 보셔야 합니다."

"잠시 휴식하겠습니다."

그는 화장실 세면대로 가서 찬물을 얼굴에 끼얹고 나와서 m의 뒷모습을 바라보았다. 삼십 대 후반으로 보이는 m의 육체는 아름다웠다. 그의 심장은 고동쳤다. 눈부신 m의 모습에 잠깐 시야가 흐려졌다가 선명해지면서 눈이 불타는 듯 뜨거워졌다.

그는 다시 스케치를 시작했다. 땀이 나고 몸이 떨리기 시작했다. 떨림은 손부터 시작됐다. 손을 깔고 앉아 잠시 흥분을 가라앉혀야 했다. 떨림이 사라지자 갑작스러운 한기가 그를 괴롭혔다. m은 몸을 조금씩 움직여 가며 자신의 아름다움을 발산했다. 고개를 뒤로 젖히고 천장을 바라보다가 한쪽 팔을 머리 뒤로 뻗었다. m이 몸을 기이하게 꼬았을 때는 벽을 타고 오르는 덩굴이 연상되었다. 다리를 모으고 두 팔을 양옆으로 뻗었을 때는 꽃망울이 활짝 피는 영상을 보는 듯했다.

그는 스케치북 한 권 분량의 스케치를 했다. m이 옷을 입는 동안 그는 창을 열고 담배를 피웠다. 해가 지고 있었다. 노을에 잠긴 소나무 숲이 파르스름하게 변하고 있었다. 그가 내뿜는 담배 연기가 머리 위를 맴돌았다.

"한 달 후에 오겠습니다. 그때까지 완성하십시오. 그러면 조금 더 살 수 있을 겁니다."

그가 뒤를 돌아보자 m은 눈을 크게 뜨고 그의 대답을 기다리고 있었다. m의 눈빛은 겨울 저녁같이 파랗고 차가워 보였다. 그는 담배를 한 모금 빨아들이고 나서 말했다.

"반했습니다. 선생님의 아름다움을 어떻게 표현해야 할지 막막합니다."

"당신은 세상에서 가장 추한 모습을 스케치한 겁니다."

"그런데 죽어야 한다면서요. 저는 아직 결정 못했습니다."

"나를 스케치한 건 내 의뢰를 수락한 것입니다."

"뭐, 생각해 보겠습니다."

"당신을 믿습니다만 한 달 동안 완성을 못하면 바로 죽을지도 모릅니다."

"농담도 잘하시는군요. 너무 기대하지는 마시고요. 완성을 못해도 너무 실망하지 마십시오."

그가 m을 배웅하려고 밖으로 나왔을 때 어둠 속에서 파란빛이 퍼져 나왔다. 그는 눈을 가늘게 떠야만 했다. m은 고개를 들어 달빛을 살피더니 그에게 말했다.

"죽음은 또 다른 시작입니다. 나를 보세요. 죽어서도 할 일은 많습니다."

"조심히 들어가십시오. 혹시 나중에 제 그림 사고 싶으시면 말하세요. 조금 깎아드릴게요."

"명심하십시오. 마지막 작품이니 최선을 다하십시오."

m은 웅덩이를 가로질러 갔다. m이 나타났을 때처럼 웅덩이가 바다로 바뀌는 환상이 펼쳐졌다. 파도가 치고 거품이 일었다. 그는 넘어질 듯 휘청거렸다. 아래를 보니 그는 조개껍데기를 타고 바다 위에 떠 있었다. 바람이 불었다. 그는 조개껍데기를 타고 해변으로 밀려나는 순간 정신을 차렸다. m은 사라지고 없었다.

작업실에 들어와서 m의 사진을 프린트하고 m을 그린 스케치와 크로키를 한쪽 벽면에 빼곡하게 붙였다. 그는 m이 했던 말을 곰곰이 생각하다가 혼자 중얼거렸다. 불후의 명작과 죽음, 그리고 나는 어차피 죽을 운명이라고. 별 싱거운 사람 다 봤어. 오늘부터는 기도할 때 단어 사용에 유의해야겠어. 벽에 붙인 사진과 스케치에 담긴 사내의 모습을 뚫어지게 쳐다봤다. 수십 명으로 분신한 m이 그를 노려봤다. 그는 창가에 앉아 무릎 꿇고 기도했다.

"하늘에 계신 신이시여 이번 작품이 불후의 명작으로 태어나 비싸게 팔리게 해주소서. 그리하여 암흑의 여생을 편하게 살게 해주소서."

히트는 새로 꺼낸 캔버스 앞에 앉아 팔레트에 물감을 짜고 나서 한숨을 쉬고 고개를 내저었다. 술에 취해 엄마의 자궁으로 들어가고 싶은 심정이었다. 다시 작업 준비를 끝낸 그는 화장실에 가서 뜨거운 물로 오랫동안 샤워하며 피로를 풀었다. 샤워를 마친 그는 세면대로 가서 찬물을 얼굴에 끼얹고 손바닥으로 거울을 닦았다. 주변 시야부터 점점 어두워지고 있는 왼쪽 눈을 감았다. 거울에 반사된 자신의 얼굴을 보면서 m을 어떻게 추한 모습으로 표현할지 연구했다. 한쪽 볼을 손가락으로 밀어 입을 찌그러뜨리기만 했는데도 추해 보였다. 그는 더 추한 모습을 연출하기 위해 도구를 이용해 보기로 했다. 표장용 투명테이프를 한쪽 볼에 붙여 입 쪽으로 당겨보았다. 유리판에 얼굴을 밀착시켜 고개를 틀어보았다. 그의 형상은 점점 더 추해지기 시작했다. 문득 거울은 자신의 환영과 관계를 맺어주는 도구라는 생각이 들었다. 거울은 자신의 허상을 보여주며 현실과 상상의 엄격한 구분을 거부하는 듯했다. 거울에서 멀리 떨어져 자신을 바라보다가 거울에 반사된 자신의 모습은 실제로 타자가 느끼는 자신의 모습이 아닐 수도 있다는 생각이 들었다. 실제로 타자의 눈에 보이는 자신의 모습은 어떤 것일지 궁금해졌다.

그는 한참 동안 거울을 통해 자신을 관찰했다. 거울을 통해 언뜻 느껴지는 익숙한 모습은, 타자가 느낄 수 없는 자신만이 아는 비밀스러운 모습이란 생각이 들었다. 그가 낯선 자신의 분신을 만나고 싶다는 생각이 드는 순간, 존재 자체의 균열이 일어나면서 정체성의 분열을 느꼈다. 그는 거울 앞을 떠날 수가 없었다. 거울 속에 나타나는 자신의 형상을 바라보는데 갑자기 거울에서 자신이 모르는 형상이 나타났다. 그는 자신도 모르는 사이 둘로 나누어진 자신을 만나게 된 것이다. 그는 어지러웠다. 바닥에 주저앉아 눈을 감고 숨을 몰아 쉬었다.

그는 화장실 거울을 조심스럽게 뜯어낸 다음 새로 꺼낸 캔버스가 있는 이젤 옆에 세웠다. 캔버스 앞에 앉아 거울을 바라보았다. 거울의 각도와 캔버스가 놓인 각도를 조정하면서 머릿속으로 구도를 잡았다. 유화 물감 팔레트를 치우고 아크릴 물감 팔레트를 꺼냈다. 그림을 빨리 완성하기 위해 아크릴 물감과 물을 사용하기로 했다. 그는 붓을 들고 쉬지 않고 그렸다. 캔버스에는 세 사람이 점점 윤곽을 드러냈다. 왼편 거울에 반사된 자신과 자신을 그리는 자신의 뒷모습 그리고 그림 속 그림인 캔버스에 나타난 자신의 형상이었다. 캔버스에 등장한 주체로서의 자신과 대상으로서의 자신 그리고 객관적인 자신 사이의 괴리는 점점 벌어지고 있었다. 그림이 완성되어 갈수록 주체로서의 자신은 점점 뒷전으로 밀려나고 있었다.

히트는 자신이 생각한 표현 방법이 만족스러웠다. 그림이 마무리 단계에 이르자 자신의 세 가지 형상 위에 m의 형상을 덧그려 넣기로 했다. 그것은 알맹이에 껍질을 씌우는 행위와 같았다. 한 달 가까이 캔버스에 m의 형상을 잡아내지 못했던 그는 마법이 풀린 것처럼 손이 움직였다. 벽에 붙여 놓은 m의 사진과 스케치를 보지 않고도 m의 형상이 자연스럽게 그려졌다. 캔버스에는 거울에 반사된 m과 m을 그리는 m의 뒷모습, 그리고 그림 속 그림인 캔버스에 나타난 m의 형상이 선명하게 드러났다. 완성된 작품은 거울에 반사된 자신의 모습보다 그림을 그리는 행위만이 두드러진 느낌이었다. 그는 뒤로 물러서서 완성된 작품을 감상했다. 작품의 구도를 해체해보니 회화의 정체성에 질문을 던졌던 오하네스 굼프의 〈자화상〉이 떠올랐다. 순간 심장 뛰는 소리가 온몸을 돌아다녔고 어떤 속삭임들이 모여 희망찬 소리를 내고 있었다. 그는 바로 소파에 쓰러져서 깊은 잠에 빠져들었다.

다음날 히트는 초상화 같은 자화상을 작업실 한가운데 세워 놓고 온종일 m을 기다렸지만 그는 나타나지 않았다. m은 그 다음 날도 나타나지 않았고 아무 연락이 없었다. m을 기다리다 지친 그는 분노가 일었다. 그는 초상화 같은 자화상을 창고에 처박아 버렸다.

비가 많이 내리던 날 히트는 창가에 앉아 비가 그치기를 기다렸다. 비가 그치자 작업실 앞마당에 커다란 웅덩이가 생겼다. 그는 창밖을 바라보다가 습기가 많은 창고에 처박아 두었던 그림들이 생각났다. 창고로 가서 그림들을 확인해 보니 초상화 같은 자화상에 곰팡이가 제일 많았다. 곰팡이를 제거하고 그 그림을 웅덩이 한가운데 세워 놓았다. 아직 걷히지 않은 먹구름 사이로 햇살이 퍼지고 있었다. 미약한 햇살 때문인지 웅덩이에 반사된 초상화 같은 자화상은 수면에 그린 그림처럼 환상적이었다. 그는 정신없이 웅덩이에 놓인 그림을 촬영했다. 소나무 숲을 배경으로 웅덩이 전체를 담기도 했고 그림을 줌인하여 물에 반사된 그림만을 담아 보기도 했다. 촬영을 마치고 멀찍이 떨어져서 그림을 바라보았다. m이 요구했던 초상화 같은 자화상이 맞는지 고민하다가 그림을 들고 반 바퀴를 회전한 다음 내려놓았다. 초상화 같은 자화상은 어떻게 봐도 만족스러웠다.

히트는 웅덩이에 반사된 자화상 같은 초상화를 캔버스에 옮겼다. m의 형상은 꼼꼼하게 그렸지만 배경은 넓은 평 붓으로 파도가 치듯 시원스럽게 처리했다. 그는 그림의 제목을 '차가운 시선'으로 정하고 그동안 반사를 모티브로 작업한 그림들을 전부 꺼내서 손질했다. 그림들을 전부 세워 놓고 바라보자 너무도 뿌듯하여 바로 죽는다고 해도 여한이 없을 것 같았다. 그는 빚을 내서 개인전 준비를 했다.

'반사적 선택'이란 주제를 내세운 그의 첫 개인전에서 '차가운 시선'이 주목받은 것은 당연한 결과였다. 그는 무리해서 대출한 돈으로 제법 큰 갤러리를 잡았다. 전시장의 모든 벽에 거울을 붙였다. 벽의 아래 바닥을 따라 2미터 폭으로 물을 담아 놓을 수 있는 수조를 만들었다. 하얀 대리석 같은 수조에 담긴 물은 연출된 조명을 받아 벽면의 그림을 선명하게 반사하고 있었다. 그는 전시장에 고여 있는 물이 반사한 형상을 한번 꼬아주기 위해 조명 연출에 많은 돈을 썼다. 전시장 천장에 설치한 감지기는 관람객이 수조 앞으로 다가서는 순간 반사된 그림의 형상을 한번 꼬아주게끔 조명을 자동으로 조정했다. 관람객은 물에 반사된 그림이 조명에 의해 여러 가지로 왜곡되는 것을 감상할 수 있었다. 그것은, 그가 보여주는 반사가 바라보는 시각의 반사이고, 모두 다른 시각으로 바라볼 수 있다는 메시지를 전달하기 위한 장치였다. 관람객은 거울 벽에 걸린 그림과 수조에 반사된 그림을 번갈아 보며 작가의 의도를 파악하느라 심각한 표정들이었다.

'차가운 시선'과 '자화상 같은 초상화'를 한 면에 같이 디스플레이했다. 작품 밑에는 그가 사용하던 팔레트를 갖다 놓고 연출했는데 그동안 팔레트 위의 물감은 석회동굴의 종유석처럼 계속 자라나 있었다.

개인전 오프닝이 끝나고 '차가운 시선'을 배경으로 '작가와의 대화 시간'을 마련했다. 행사를 진행하는 전시장 바닥에는 체스판처럼 육십 네 개의 정사각형 시트를 붙이고 흰색 의자와 검정 의자를 가져다 놓았다. 먼저 월간미술 기자가 그의 개인전에 대한 평론가들의 비평을 요약해서 관람객에게 설명했다.

"작가님은 전통적인 페인팅을 고집하는 작가 중에 가장 눈에 띄는 분입니다. 작가님의 회화는 사진이 표현할 수 없는 이미지를 재현한다고 할 수 있습니다. 또한 현실 재현을 버리고 스스로 작업 양식을 반성하며 반사라는 주제로 우리를 사유하도록 유도합니다. 제

말에 동의하십니까?"

히트는 갑작스런 질문에 귀가 분홍색으로 물들었다.

"네, 뭐 그런 것 같습니다."

"작가님은 아주 겸손한 성격인 것 같습니다. 평론가들은 이번 개인전 작품 중 '차가운 시선'을 문제작으로 뽑으면서 이렇게 호평했습니다. 화가의 관심이 화가의 정체성으로부터 회화의 정체성 영역으로 탈바꿈하는 기념비적인 작품이다. 이에 동의하십니까?"

"과찬의 말씀입니다."

"먼저 작가님이 생각하는 반사의 의미에 대해 얘기해 주시기 바랍니다."

"사전적 의미로는 일정한 방향으로 나아가던 파동이 다른 물체의 표면에 부딪혀서 나아가던 방향을 반대로 바꾸는 현상입니다. 이 현상은 쇼펜하우어가 자유의지를 이야기할 때 물을 가지고 설명했습니다. '물이라는 존재가 잔잔한 호수가 되고 파도가 되며 폭풍우가 되려면 물을 자극할 수 있는 환경적 요소가 필요하다.'라고 말입니다."

진지한 표정으로 자유의지를 설명하던 히트가 갑자기 입을 닫았다. 측면 벽의 거울을 통해 끝자리에 앉은 m을 발견했기 때문이었다. 그는 고개를 들고 끝자리를 바라보았으나 m은 없었고 빈자리였다. 그는 다시 측면 벽의 거울을 바라보았다. 거울에는 끝자리에 앉은

m이 웃고 있었고 그 옆에 앉은 y도 웃고 있었다. 그동안 아무 연락이 없던 y는 그의 개인전 소식을 듣고 찾아온 모양이었다. 그는 거울을 보다가 y를 향해 고개를 돌렸다. y의 얼굴은 시원스러웠고 빛이 났다. y는 그와 눈이 마주치자 가볍게 손을 흔들었다. 그는 y가 반가웠지만 웃을 수 없었다. m이 점점 가까이 다가오면서 시야가 흐려졌다. 그는 m이 말했던 불후의 명작과 죽음이 떠올랐다. 갑자기 심장 박동이 느려지는 듯했고 알 수 없는 속삭임에 머리가 아팠다. 그는 두렵고 무서웠다. 그 공포 때문인지 순간 멀쩡하던 오른쪽 눈의 주변 시야에 암흑이 살짝 퍼지기 시작했다. 기자가 그에게 물을 건네며 물었다.

"괜찮으세요?"

히트는 물을 마시고 두리번거리면서 말을 이어나갔다.

"그러니까, 인간의 삶 또한 더 나은 삶을 위해서는 주체적인 선택과 그에 따른 행동이 필요하다는 겁니다. 최근 작품에서는 반사의 의미를 확장하고 있습니다. 우리들 대부분은 생각을 행동으로 옮기지 못하게 만드는 사회구조의 지배를 받는데, 그것을 벗어나자는 것입니다. 물리적인 현상을 예를 들면 어떤 물체가 다른 물체의 표면이 되어버리는 것과도 같은 의미라고 할 수 있습니다."

기자가 원고를 살펴보는 동안 잠시 침묵이 흘렀다. 기자가 원고에 밑줄을 그으면서 말했다.

"물을 자극하는 환경적 요소라는 부분이 강하게 다가오는데요. 그것이 작가님의 시각과 어떤 관계가 있을까요?"

"쇼펜하우어의 말처럼 물 자체로는 힘을 내지 못합니다. 환경적인 요소가 있어야 힘을 받아 변하는 것입니다. 그러니까 이와 마찬가지로 사물은 변하지 않습니다. 관념에 따라 시각에 따라 변하는 것으로 생각합니다."

히트는 m의 실체를 찾느라 관람객의 질문에 답변을 제대로 못하고 횡설수설했다. '작가와의 대화'가 진행되는 동안 m은 나타났다가 사라지기를 반복했다. 어느 순간 m의 형상은 자신의 모습으로 분열되었다.

"작가님의 첫 개인전에 대한 소회를 듣고 '작가와의 대화' 시간을 마무리하겠습니다."

"이번 개인전을 준비하면서 내 몸이, 내가 바라본 사물이, 생각한 형태나 유형 이외의 것으로 인식되는 경우가 많았습니다. 작업을 하다가 제 그림 속 이미지와 사물을 비교해 볼 때면 이런 생각이 들었습니다. 내가 지금 보는 것이 전부인가? 착각한 것은 아닌가? 계속 질문을 던졌습니다. 결국, 내가 보고 느끼는 것이 전부가 아닐 수 있다는 고민이 창작 에너지로 이어졌습니다."

박수를 받으며 일어난 히트는 전시장을 돌아다니며 m을 찾았다. y가 그에게 다가와서 하얀 장미 꽃다발을 건넸다. 그는 y가 무슨 말을 하는데도 하나도 들리지 않았다. m을 찾느라 꽃다발을 받고서도 계속 두리번거렸다. m은 사실적이면서 알레고리를 담은 '반사적 선택' 앞에 서 있었다. 그가 m을 향해 움직이자 m은 사라졌다가 다시 나타났다. 그가 움직이면 m이 그를 따라왔고 그가 멈춰 서면 m은 멀찍이 서서 그를 바라보고 있었다. y는 '반사적 선택'을 감상하다가 뒤도 돌아보지 않고 전시장을 떠났다. 관람시간이 끝나고 전시장은 문을 닫았다. 그는 조명이 점점 약해지는 것을 느꼈다. 그가 한숨을 쉬었다. 존재의 중심으로부터 빠져나온 듯한 그의 한숨 소리는 관람객이 빠져나간 전시장에 공허하게 울렸다.

"이봐요. 그때 농담한 거죠?"

m은 그를 바라보기만 할 뿐 대답이 없었다.

"거울 안에서 웃지 말고 이리 와서 얘기 좀 해요."

전시장 벽에 부착한 수백 개의 거울이 유리창으로 변했다. 유리창에는 그가 살아온 장면들이 8밀리 필름으로 찍은 영상처럼 흐릿하게 펼쳐졌다. 그는 몸에 힘이 빠지면서 심장이 발악하듯 고동치기 시작했다. 온몸이 떨려서 가만히 서 있을 수가 없었다. 시야가 차츰 흐려지면서 암흑이 번지기 시작했다. m이 유리창을 열고 나와 손을 건넸다. 그는 다리가 휘청거리는 바람에 m의 손을 잡고 말았다.

"조금만 더 시간을 주시면 안 될까요? 그림이 아직 팔리지 않았다고요!"

m은 여전히 그를 바라보기만 할 뿐 말이 없었다.

"그림이 팔리지 않으면 저는 파산입니다!"

m이 그의 손을 잡아당겼다. 그와 m은 포옹한 채 나비처럼 빙글빙글 날아오르면서 한몸이 되었다. 한몸이 된 그와 m은 계속 날아올라 컴컴한 하늘 어딘가에 별처럼 매달렸다.

Family on the street 162cmx130cm oil on linen 2013

One Day1 32cmx41cm oil on linen 2013

시각적 흐름과
반사적으로 선택된 이미지

임대식 (미술비평, 큐레이터)

문학과 미술이 갖는 감동의 힘은 시쳇말로 한 끗 차이인 듯하다. 물리적 시간에서 자유로운가, 아니면 현실적 공간에서 자유로운가. 이 한 끗. 언뜻 보기에 이 시간과 공간의 차이를 한 끗이라고 하기에는 개념적으로 너무나 큰 거리가 느껴진다. 사실 시·공간이 현재를 가능하게 만드는 씨실과 날실임을 감안한다면 물리적 시간이 필요한 문학, 즉 소설과 현실적인 공간이 필요한 미술, 즉 회화는 그 감상의 방법만 다를 뿐 굉장히 밀접한 관계의 예술이다. 따라서 우리가 소설은 읽고, 회화는 본다고 하지만 한편으로는 소설을 보고, 회화를 읽는다고 해도 크게 틀린 말은 아니다.

그런 의미로 '핑크 몬스터'는 말 그대로 '보고, 읽는 소설'이다. 또는 '읽고, 보는 소설'이다. 김주욱 소설가는 어느 겨울날 미래의 피카소를 만났다. 그 피카소는 양경렬 작가다. 양경렬 작가는 구체적인 것이 아닌 자신의 감정이나 의식을 작품의 대상으로 그리는 작가다. 그의 작품에서 받은 강렬한 감상은 바로 김주욱의 소설로 이어진다. 일곱 편의 단편소설로 이어지면서 양경렬 작가는 히트라는 김주욱 작가의 소설 주인공으로 다시 태어나 현실과는 또 다른 삶을 살게 된다. 김주욱 작가는 그의 소설에서 양경렬 작가의 작품세계를 일곱 개의 테마로 나누어 히트의 이야기를 전개했다. 양경렬 작가의 경험과 내면세계를 담은 작품들은 김주욱 작가의 소설에서 히트의 경험으로 이어진다. 양경렬 작가의 회화가 그의 정신세계에 대한 가시화의 작업이었다면, 김주욱 작가의 소설은 가시화된 회화의 내면 이야기라고 할 수 있다.

소설은 여수에서 서울로 올라와 재건축으로 무너져가는 동네에서 유년 시절을 보내고 미술대학에서 그림 공부하고 졸업한 후 자신만의 걸작을 전시하게 되는 히트의 삶을 단편적으로 그리고 있다. 그리고 그 단편들은 양경렬 작가의 회화 작품에서 비롯된다. 예컨대 양경렬 작가의 '그곳에 있던 사람들'이라는 제목의 회화 작품은 소설 '무인도'로 이어지고, '조각난 이미지'라는 작품은 소설 '베게 속에 감춰둔 부적'으로 이어진다. 그렇다고 회화 작품의 내용이 소설에서 히트의 이야기로 직접적으로 이어지는 것은 아니다. 이는 양경렬 작가의 그림에 대한 김주욱 작가의 일종의 소설적 해석과 같다. 히트는 소설 속에서 여전히 그만의 삶을 살면서 어떠한 사건을 만나고 경험하고 있기 때문이다.

히트는 색에 대한 감성이 풍부했다. 힘들었던 초등학교 시절을 색으로 기억하고 그 색에 감정을 싣는다. 히트는 통과의례를 거치면서 소중한 것을 버리고 성장하지만 각 시절마다 지니고 있던 색은 또렷하게 자신의 기억 속에 남겨진다. 따라서 히트에게 색은 자신의 감정과 기억들을 드러내는 가장 훌륭한 매체이자 조력자다. 작가로 데뷔하기 전까지 히트는 욕망과 좌절 그리고 짓눌린 사회적 관계에 대한 고민을 하게 했던 네 명의 여자들을 만난다. 물론, 각각의 단편소설들에 등장하는 인물들이 같은 인물들일 수도 있겠지만 히트는 그녀들을 통해 여러 가지 사건들과 부딪히고 사고를 전개해 나간다.

장소에 따라 변하게 되는 사람들의 심리에 대해 양경렬의 회화는 동시대를 사는 사람들의 경험에 대한 관찰로 이어지고, 김주욱의 소설 '무인도'는 자연적으로 주어진 장소와 인위적으로 만들어진 장소가 만났을 때 주는 이질감에 대해 이야기하고 있다. 과연 우리가 얼마나 적절하게 장소에 맞는 사람으로 살아가고 있는가. 꼭 그 장소의 특성에 우리는 맞게 살아야하는 것인가. 아니면 우리의 행동과 생각으로 인해 장소, 혹은 동시대의 생각들은 변할 수 있는 것인가. 김주욱의 '무인도'는 내가 살고 있는 여기가 정말 내게 꼭 필요한 곳인가, 하는 질문을 던진다.

양경렬의 '줄다리기'는 누군가에게 인정받지 못하고 반대로 누군가를 인정하지 못하는 대치상태에 대해 이야기한다. 줄다리기하는 상대가 누구인지, 아니면 무엇인지 모르고 마냥 자신의 욕망을 채우기 위해 당기는 줄은 결국 자신의 욕망을 누군가에게 강요하는 행위로 변질된다. 이 '줄다리기'는 김주욱의 '끌어당기기'에서 인간 본연의 욕망과 사회적 욕망에 대한 이야기로 해석된다. 오직 자신의 결핍을 섹스에 대한 욕망으로 해결하는 데 집착하는 히트와 무엇인지 모를 답답한 사회적 관계 속에서 다른 줄다리기를 하고 싶어 하는 여자친구 C. 결국, 불타는 히트의 성욕은 일상의 지루한 반복에 의해 사그라지고, C는 그 둘의 어정쩡한 관계를 이어가고 있는 줄을 놓아 버림으로써 삶의 새로운 국면을 맞이하게 된다.

'조각난 이미지'는 양경렬의 실험적인 회화 작품이다. 이미지 전체를 조각내서 원통으로 다시 재구성해 놓은 작품이다. 무엇을 그렸다기보다는 무엇을 보여주고자 하는지에 대한 궁금증이 더 증폭되는 작품이다. 이 작품은 김주욱의 '베개 속에 감춰둔 부적을 찾아서'로 이어지는데, 히트의 입시시절 그가 짝사랑했던 그녀에 대한 이야기다. 히트가 가지고 있는 그녀에 대한 기억은 오직 그녀에 대한 냄새다. 이 작품은 감각과 기억에 대한 조금은 어려운 이야기로 전개된다. 우리가 느끼고 경험할 수 있는 세계만이 오직 우리가 알고 있고,

알 수 있는 세상일 것이다. 우리가 완벽하다고 느끼고 있는 것이 어쩌면 하나의 작은 조각인지도 모를 일이다.

양경렬의 '왕관을 쓴 사람들'은 인간의 허무한 권력에의 욕망을 그린 작품이다. 이 욕망은 김주욱의 '왕관을 쓰고 달리는 기분'에서는 짓눌린 사람들의 광장에 관한 이야기로 옮겨진다.

광장을 질주하면서 권력에 저항하는 젊은 히트의 이야기다. 양경렬의 회화에서는 왕관이 허무의 상징이었다면 김주욱의 소설에서 왕관은 실존의 상징이다. 결국 질주가 멈추면서 젊음의 저항도 막이 내리지만 히트는 어떻게 삶의 고통을 극복하면서 살아가야 하는지에 대해 묻는다. 이러한 물음은 양경렬의 '세상은 무대 우리는 배우'를 테마로 한 김주욱의 '객석을 점거한 히트'로 이어진다. 연극을 하기 위한 공연기금을 마련하기 위해 히트는 지하철의 객차를 소극장으로 상정하여 연극 무대에 오르는 배우처럼 물건을 팔게 된다. 결국, 텃세를 부리는 다른 지하철 이동상인들에게 제지당하면서 소설은 끝이 난다. '온 세상은 무대이며 모든 남자와 여자는 배우일 뿐이다' 라는 자신의 첫 공연의 대사처럼 히트는 우리의 삶은 내가 주인공이 되어야 하는 무대였음을 이야기한다. 내 삶에 내가 관객인 것처럼 모순되는 일은 없을 것이다. 다른 누군가에 의해 만들어지는 무대가 아닌 내가 점거해 버린 나의 무대가 되어야 한다. 내 삶은.

'반사적 선택'은 양경렬 작가의 작품 세계를 관통하고 있는 중요한 사고방식을 담은 작품이다. 김주욱의 이번 회화를 소설로 해석하는 작업에서 가장 핵심적인 작품이기도 하다. 그림도 소설도 우리가 판단하는 것들의 기준, 혹은 우리가 바라보는 것들이 얼마나 진실된 것인가에 대해 이야기 하고 있다. 소설에서 히트는 점점 시력을 잃어가는 화가로 그려진다. 히트는 그의 환상에서 비롯된 인물인지 아니면 그의 기도에 대한 신의 답인지는 정확하지 않지만, m에게 초상화 같은 자화상을 주문받게 된다. 그 자화상에 대한 대가는 불후의 명작을 남긴 작가의 명성. 결국 히트는 세 개의 다른 눈으로 대상을 바라보는 반사적 선택의 이미지를 통해 불후의 명작을 남기고 사라진다.

이렇게 일곱 개의 단편은 히트의 무의식적으로 바라보는 시각적 흐름과 반사적으로 선택된 이미지에 의해 탄생한 불후의 명작과 함께 끝을 맺는다. 소설에서 히트는 대상을 바라보는 세 개의 시선을 통해 초상화 같은 자화상을 완성한다. 거울 속에 비친 나를 바라보는 시선, 그 거울 속에 비친 나를 그리는 나를 바라보는 시선, 캔버스에 그려진 내가 나를 바라보는 시선이 그것이다. 이는 대상을 바라보는 세 개의 다른 시선이기도 하지만 내가 바라보고 있는 것들이 모두 사실인가에 대한 의심의 산물이다. 그 의심에 누가 답할 수 있을 것일까.

소설을 통해 김주욱 작가는 세상을 바라보는 다양한 시각에 대한 이해와 필요성에 대해 이야기하고, 양경렬 작가는 그의 회화 작업을 통해 우리가 보고 느끼고 있는 것들 이면에 갇혀 있는 또 다른 의미와 이미지를 느끼고 바라볼 것을 종용한다.

이번 회화를 소설로 해석한 작업은 서로 다른 장르의 창작행위가 자신의 영역으로 전문화되면 될수록 그 융합의 지점은 깊고 다양해 질 수 있다는 것을 보여준다. 각각 장르의 일부를 포기하고 그 포기된 부분을 다른 장르로 채우거나 덮어씌우기 식의 콜라보레이션은 너무 단순한 나머지 진부하다. '히트의 차가운 시선'과 같이 개별 장르 특성을 최대화할 수 있는 콜라보레이션이야말로 어쩌면 차세대 장르 간 콜라보레이션의 새로운 가능성을 제시하고 있는지도 모를 일이다.

양경렬 김주욱 ⓒ황희승

화가 양경렬의
작품 세계

The laundry on the street
194cmx130cm
oil on linen 2013

Peek 26cmx35cm oil on linen 2015

tug of war 80cmx130cm oil on linen 2012

핑크 몬스터2 45.5cmx53cm oil on linen 2017

화가 양경렬의 작가노트

'반사란 무엇인가?'

'단순히 물체가 비치는 물리적 반사의 의미가 아닌, 우리의 관념 속에서의 반사란 무엇일까?' 라는 두 가지 근본적인 질문에서 시작되었다. 사전적 의미에서 반사란, 일정한 방향으로 나아가던 파동이 다른 물체의 표면에 부딪혀서 나아가던 방향을 반대로 바꾸는 물리적 현상을 말한다. 혹은 의지와는 관계없이, 자극에 대하여 일정한 반응을 기계적으로 일으키는 생물적 현상을 말한다.

작업 초반에는, 고정된 이미지들을 상하 반전시켜 거꾸로 표현하거나 좌우

daily life 45cmX53cm oil on linen 2016

반전을 시킨 고정된 이미지들의 되비침들을 작품에 등장시켰다. 그러나 완성된 작품 속 이미지는 더 이상 어떤 하나의 반전된 상이 아니고, 또 다른 반사를 유발하고 있었다. 이로써 작품의 이미지들은 더 이상 물리적이고 기계적인 법칙에 구애받지 않게 되는데, 이는 쇼펜하우어의 표상으로서 세계와 자유의지에 대한 설명과 일맥상통한다. 그가 설명하는 세계는 우리의 주관에 의해 구성되며 자유의지를 통한 우리의 선택에 의해 지배되기 때문이다. 자유의지는 일정한 반응을 기계적으로 일으키는 현상들로 이뤄지는 것이 아니며, 인과적인 자연 물리법칙에 제한받지도 않는다.

I_m Not There 40cmx116cm oil on linen 2016

고정되고 일방적인 단 하나의 세계는 없다. 인간은 더 나은 삶을 살기 위해서 무한한 자유의지를 충족하려는 방향성을 지니고, 선택을 하며 살아가게 되는 것이다. 하지만 선택을 한 후에는 언제나 선택하지 않은 방향에 있던 의지와 욕구들이 충족되지 못한 채로 남아있게 되고, 이는 결국 갈등과 고통의 요소로 작용한다. 이는 한 개인의 삶에 적용되어 설명될 수도 있지만, 한 가족, 한 사회, 한 국가에 이르기까지 하나의 생물로 여겨질 수 있는 것들이 만들어내는 표상적 세계에도 적용된다. 그러나 이 모든 것의 주체가 현명한 선택과 자유의지를 행할 수 있는 능력, 자유의지의 욕구와 현실적인 결핍의 괴리를 좁히는 능력, 그리고 선택 후에 부속적으로 따라오는 고통과 갈등들을 상쇄시킬 수 있는 능력을 모두 지녔는지는 의문이다.

또한 분명한 것은 정해진 것이 없다. 다만 우리의 주관이 구성한 세계에 그려진 이익관계가 형성되고, 이를 통해 반사적으로 우리 세계에는 약자와 강자가 등장한다는 것이다. 따라서 작업의 배경은 다수가 모인 광장 그리고 우리가 구성한 세계와 가치가 크게 변화할 수 있었던 혁명이 일어났던 곳들을 바탕으로 히였다.

지금은, 세계적인 관광 명소가 되거나 일상 풍경이 된 곳을 배경으로 시위 현장이나 군중 또는 연극적 요소를 오버랩한 이미지들을 통해 자유의지를 가지고 한 선택과 반사를, 그리고 또 다른 자유의지와 선택에 대한 지속적인 고민들을 작품에 담고 있다.

man on a bicycle 25cmx25cm oil on linen 2015

양경렬
Kyung-Ryul Yang   ✉ lsart@hanmail.net   📱 +82 010 2772 1965

추계예술대학교 서양화과를 졸업하고 독일 함부르크 조형 미술대학교에서 공부했다. 2011년부터 3년간 휴 네트워크 창작 스튜디오 레지던시, 2015년 중국 베이징 B-space 레지던시에 참여했다. 2004년부터 독일 함부르크와 중국 베이징 그리고 한국을 포함해서 9번의 개인전과 다수의 2인전, 국제 아트페어와 그룹전에 40회 이상 참여하였다. 2015년 서울예술재단에서 주최한 제1회 포트폴리오에서 우수상을 받았고, 제18회 광주 신세계 미술제에

228 핑크 몬스터

서 우수상을 받았다. 양주 시립 장욱진 미술관에서 작품을 소장하고 있으며 2016년 전국 회룡미술대전에 심사위원으로 참여하였다.

최근 작품에서는 인간의 이중성을 바탕으로 이루어지는 선택에 대해 질문을 던지고 있으며, 작품에 반사적 선택에 대한 고민이 강한 이미지로 표출되고 있다. 작품에서 나타나는 반사는 모두가 다르게 생각하는 시각의 반사이다. 반사적 선택은 살면서 진중한 선택을 해야 한다는 반문이고 쇼펜하우어가 말한 자신의 자유의지를 표출하기 위한 몸부림이다.

학력

2008 Hochschule fuer Angewandte Wissenschaften Hamburg (HAW Hamburg)

2007 InternationaleSemmerakademie fuer Kunst

2006 Hochschule fuer bildendeKunste Hamburg (HFBK) Gaststudent (freieKunst)

2004 추계예술대학교

개인전

2015 조각풍경 / Unit one 갤러리 / 베이징, 중국

2015 서울시 용산구 우사단로10길 88 / kiss 갤러리 서울

2014 piece : on the road / 아뜰리에 터닝 서울

2013 Free will / 모아 갤러리 파주

2013 반사적 선택 / 아트 스페이스 휴 파주

2006 Alpha Eins gallery in Hamburg Germany "sehen" / 함부르크, 독일

그룹 및 기획 초대전

2017 2nd 뉴 드로잉프로젝트 / 양주 시립 장욱진 미술관 / 양주

2016 제18회 광주 신세계 미술제 / 신세계갤러리 / 광주
심상의 풍경 / 갤러리 경 / 대구
낯선 이웃들 / 북서울미술관 / 서울
거기 낭만이 떠있다 / 아트팩토리 / 서울
바람 불어 좋은 날 / GMA 광주 시립미술관 / 서울
서울 모던 아트쇼 / 예술의 전당 / 서울
10 인전 / 갤러리 8 / 청주

2015 제1회 포트폴리오 박람회 수상 / 서울 예술 제단
기억의 속도 2014 / 아뜰리에 터닝 서울
Charity Bazaar / 스페이스 K 과천

2014 의정부 아트페스티벌 / 예술의 전당
Crossing the Border / MOA 갤러리 파주
REAL LANDSCAPE / 라마다 호텔 (2인전)

2013 Charity Bazaar / 스페이스 K 서울
드로잉 쓰고 또 쓰다 / 아트 스페이스 휴, 보림 갤러리 파주
Art road 77 / 한길갤러리 파주
being / 백자은 갤러리 서울

2012 Charity Bazaar / 스페이스 K 서울
out of cocoon / 스페이스 K 과천
혐오와미망 / 나무갤러리 서울 (2인전)
C21 / 현대 미술 공간 서울
YM,WCA 회화의 힘 / 이마주 갤러리 서울
대안공간–창작스튜디오 AR FESTIVAL / 아시아출판문화센터
파주출판도시

2010 Junk Art 전 Seoul / 예송미술관 서울
여수 국제아트 페스티벌 / 연 갤러리 여수

2009 Tango du chat / 서울

2007 20th PentimentAusstellung in HAW Hamburg Germany
/ 독일, 함부르크

2005 18th PentimentAusstellung in HAW Hamburg Germany
/ 독일, 함부르크

2004 Funny Sight Exhibition Seoul 올 갤러리 (재미있는 시각전) 서울
Open 전 Seoul / 광화문 갤러리 서울
breath 전 Seoul / 인데코 갤러리 서울

레지던시
2011-2014 휴 네트워크 창작스튜디오
2015 B-space 레지던시 베이징, 중국

수상
2015 제1회 포트폴리오 박람회 우수상 수상, 서울 예술 재단
2016 제18회 광주신세계 미술제 우수상

작품 소장
양주 시립 장욱진 미술관

핑크 몬스터

김주욱 소설집

초판 1쇄 발행 2017년 8월 31일

지은이 김주욱
그 림 양경렬
편 집 방휘수
펴낸이 홍남권
펴낸곳 온하루

출판사 등록번호 제466-2014-000030호
출판사 주소 전주시 덕진구 무삼지2길 10- 3
tel 063-225-6949 ㅣ 010-7376-8430
e-mail nnghong@naver.com
ISBN 979-11-959354-5-1 02810

값 15,000원

* 이 도서의 국립중앙도서관 출판예정도서목록(CIP)은 서지정보유통지원시스템 홈페이지
  (http://seoji.nl.go.kr)와 국가자료공동목록시스템(http://www.nl.go.kr/kolisnet)에서
  이용하실 수 있습니다.(CIP제어번호: CIP2017019182)

이 책은 Beijing B-space와 백산문화재단의 창작지원금으로 제작했습니다.